Ronso Kaigai
MYSTERY
262

ロンリーハート・4122

Colin Watson
Lonelyheart 4122

コリン・ワトソン

岩崎たまゑ［訳］

論創社

Lonelyheart 4122
1967
by Colin Watson

目次

主要登場人物

ルシーラ(ルーシー)・ティータイム……ロンドンからの滞在者
リリアン(リル)・バニスター……行方不明の未亡人
アーサー・ヘンリー・スペイン……ミセス・バニスターの義弟
マーサ・レキット……行方不明の未婚女性
エルシー・ハドルストーン……マーサ・レキットの友人
シルヴィア・ストーンチ……結婚相談所の経営者
ドナルド(ドン)・ストーンチ……シルヴィア・ストーンチの夫
ジョン(ジャック)・トレローニー……英国海軍の退役中佐
ジム・マドックス……ローバックホテルの支配人
レナード(レン)・リーパー……イーストゲイト教区の牧師
ウォルター・パーブライト……フラックス・バラ警察署の警部
シドニー(シッド)・ラブ……巡査部長
プーク……刑事
ハーコート・チャップブ……警察署長

ロンリーハート・4122

あった！

広告欄の最後の最後に、それはあった。あるわけはないと彼女は思っていた。片田舎の裕福で保守的なフラックス・バラになど。

結婚相談所だ。

ほかに考えようがあるだろうか――「ハンドクラスプ・ハウス――独りの人生がほとほと嫌になっていませんか？」（「handclasp［ハンドクラスプ］」は「固い握手」の意）

ミス・ティータイムは、その広告を最後まで入念に読んだ。会員の方々の職種は様々……ご紹介をさせていただき……末永いお付き合いを前提に……幸せを手にした方は数知れず……お手頃な入会金……。間違いない。

彼女はハンドバッグからラベンダー色の小さな手帳を取り出した。ハンドクラスプ・ハウスの住所を書き留める彼女の顔に満面の笑みが浮かび、育ちの良いその顔立ちが魅力的に輝いた。

手帳をしまって『フラックスバラ・シティズン』をたたむと、彼女はまたじっと、川辺や旋回するカモメたちを見つめた。

第一章

フラックス・バラのハーロー街の肉屋、アーサー・ヘンリー・スペインは、ある朝、夢から目覚めた。来る客ごとに「痰《フレム》」の綴りを尋ねている夢だった。やがて何の脈絡もなく、ふと思った。このところ、リリアンをまるで見かけない。

彼は肘で妻をつついた。

「リルに何かあったのかなあ？」

「何かって？　どういう意味？」

「長いこと、見かけないからさ」

「好き勝手にやってるのよ」

「店にも来てないんだよ」

ミセス・スペインはしばらく思案してから、頭をもたげた考えを払いのけた。「あんたも知ってるでしょ、リルがどんな人間か。腹の立つことでもあったんでしょうよ」

「ミセス・メイプルに聞いてみるよ」

「お好きなように」

ミスター・スペインは言葉どおり、ミセス・メイプルに聞いてみた。ドリス・バイクロフトとも言葉を交わした。その後、キャドウェル・アベニューの窓拭き業者とも話をした。何気ないふうに世間話として。しかし、誰もこの二週間どころか三週間、リリアン・バニスターに会った覚えがなかった。ミスター・スペインは、次の早じまいの日に彼女の家に寄ってみようと決めた。

彼は当日、店からその足でリリアンの家に向かった。昼時が一番、義理の姉が家にいる可能性は高い。彼女はやもめ暮らしが二年近くになるものの、未だに日々の食事には几帳面だった。

彼はキャドウェル小路にある二軒一棟の小さな家への小道を通り、呼び鈴を鳴らした。しばらく待ってから、今度は期待をせずに鳴らしてみた。何事も起こらなかった。郵便受けのフラップを押して、家の中を覗き込んだ。階段の親柱、光沢のある褐色のリノリウム、オーク材のコート掛け——すべてが整然として清潔で、いくぶん重苦しく感じられた。

彼は通用門の掛け金を外し、家の裏手へ向かった。居間の窓越しに寒々とした革製の膨らんだソファーセットが見え、キッチンの窓からは、缶詰の鮭のサンドイッチと就寝前のホーリックス（麦芽粉乳飲料の商標）を用意するつもりだった様子が窺えただけだった。彼が小さな温室の中の張り出し屋根のある戸口に着くまでは。

着いた瞬間、彼は初めて強い不安に襲われた。小幅板でできたベンチの下に、一ダース以上もの牛乳瓶がきちんと並べられていたのだ。奥のほうの瓶の中身は綿毛状のもので覆われ、薄い緑色を帯びている。

ドアが開くか試してみたが、案の定、鍵が掛かっていた。彼は家の正面に戻った。

女性が一人、小道に立っていた。寝室の窓を怪訝そうに見上げている。見たところごく平凡な、身なりの冴えない中年女性で、眼鏡をかけて帽子をかぶっていた。

「何ですか？」ミスター・スペインは険しい口調で問いかけた。冷淡に接するつもりはなかったのだが、牛乳瓶の光景に気が動転していた。

女性はぎこちなく微笑んでから、家に視線を戻した。「どなたもいらっしゃらないようです」

「ええ、いませんよ」

「何度か、お電話したんですけど」声が不満そうだった。彼は苛立った。

「何の用でですか？」

「実は引っ越しの件で。ここは私の家なんです。というか、二十五日から、そうなるんですけど。それで、私は——」

「あなたの家？」ミスター・スペインの小さな目は、いぶかしげにしかめた顔の中に埋もれそうだった。

「はい、私たちが買ったんです。私と夫が」

それは事実だった。ミスター・スペインは不動産業者に立ち寄って確かめた。その業者は、女性がスペインのしつこい質問に対して最終回答《ファイナル・アンサー》の中で、絶対的権威である聖書を引き合いに出すように名前を示した業者だ。業者の話では、二、三カ月前にミセス・バニスターから家を売りたいと頼まれたそうだ。契約書は署名済みで、近いうちに家の引き渡しが行なわれるはずだという。

「一体全体、リルは何を考えてるんだ？」ミスター・スペインはとげとげしい雰囲気の中で遅い昼食をとりながら、妻に尋ねた。「わしたちに何一つ言わずに」

ミセス・スペインは、スエット・プディング（牛脂、小麦粉、レーズン、香辛料などを混ぜて作ったプディング）に手荒くナイフを入れた。

「その業者は、あんたに報告することはなかったの？」

「いや、何も言われなかったよ。業者は知ったこっちゃないんだ、取引が済んだら最後」

「そうね。あの家にあたしたちの百ポンド近いお金があることだって、気にしないでしょうね」

「だいたい、業者がそんなことを知るはずがないだろう?」

「弁護士は誰かしら? 弁護士を通さないと、姉にはできないわよね?」

「スコープだろうな、たぶん」

ミセス・スペインは、いかめしい態度で頷いた。「今日の午後、会ってきなさいな」

「ああ、だけど――」

「会ってきなさい」

意外にも、ジャスティン・スコープは明らかに彼の訪問を喜んでいた。ミセス・バニスターのことが実は幾らか気になっていたという。家の売却に関してまだ一つ二つ片付ける件があるのだが依頼人と会えそうにもなく、ミスター……えーと……スペインは、義理のお姉さまに代わって来てくださったんですよね、と弁護士は言った。

いいや、そうじゃない、とミスター・スペインは答えた。リリアンがどこに行方をくらましているのか知りたいだけだと話した。

スコープ弁護士は眉をひそめた。行方をくらますという言葉を、弁護士はあまり好まない。

「だが、私には理由が分かりません」弁護士が言った。「ミセス・バニスターが、どうして引き渡し日まであの家にいないのか。まだ二週間もあるのに」

「そもそも、義姉《あね》がどうして家を売ったのかさえ、わしには分からん。誰にも分からないんだ」

弁護士は黒縁の重い眼鏡越しに、しばし相手を注意深く観察した。

「実のところ」と、ミスター・スペインが言った。「おたくには何か心当たりがあるかもしれないと思っていたんだ」

「お義姉さまの居所についてですか？」

「それだけじゃない。わしたちはリリアンが何を考えてたのか知りたいんだ。どうして家を売ろうなんて思い立ったのか」

「理由とか意図について何かおっしゃっていたという記憶はありません」

「実は、うちのやつがちょっと心配していてね。わしも心配で。つまりその、牛乳瓶の件なんだ。たくさんたまっていて。置きっ放しなんだよ」

スコープ弁護士のふさふさした眉は、彼が犯罪の典型的徴候を理解したことを示していた。黙って考え込んだあとで、彼はミスター・スペインのほうへ身を乗り出した。

「お聞きしますが、ミセス・バニスターは最近、何かその――負債を抱えていたということはありませんか？」

ミスター・スペインは首を横に振った。

「今回の売却には一つ問題があります」弁護士が言った。「この状況では申し上げておくべきかと。実はですね――当然ながら、これは極秘事項だとご承知おきいただきたいのですが。契約の際に、私はお義姉さまに――ご本人からのご依頼で――売買価格の前払いとして四百ポンドをお渡ししました。ご存じのように、そういうことは時々行なわれます。我々が当事者を信用している場合に限ってですが。しかも、今回の場合は何もかもが単純でした。抵当に入っていたわけでも何でもありませんでしたから」

ミスター・スペインは、ごくりと唾を飲んだ。「実際は、それはちょっと違う」弁護士が驚いて身体をこわばらせるのを見て、彼は安心させようと片手で制した。「いやいや、つまりだな、ジャックが亡くなった時、わしはリリアンに、住宅金融組合のローンの残りを完済できるだけの金額を貸したんだ。百ポンドほどだった。返してほしいと言ったことはない」

「そうでしたか」

「でも、おたくの話を聞くと余計に変だな。リリアンは、そういう状況で行方をくらましたりは絶対にしない。金が用意できれば、その日のうちに借金を返しに来るような人間だ」

ふたりとも黙っていた。やがて、スコープ弁護士がおもむろに咳払いをした。

「その牛乳瓶とやらが気にくわないですね」弁護士が言った。

ミスター・スペインは黙って聞いていたが、ふと、その言葉の意味に気づいた。

「そうだな」彼は立ち上がった。「行ってきたほうが……」

弁護士は、思案げに口をすぼめながら頷いた。


パーブライト警部は、ミスター・スペインが物語る状況に劇的要素が幾らか欠けていても、もどかしい様子は見せなかった。親族は、帽子掛けにも等しい存在になった近しい相手に奇妙な性癖があるとは思い及ばないものだ。どうやら家族に対する誠実さは、近所の家を売春宿と決めてかかったり店員をやたらに殺人犯だと思い込んだりする想像力を麻痺させるらしい。

パーブライトは丁重に如才なく、辛抱強く話を続けた。

「ところで義理のお姉さまには、どのようなご友人たちがいらっしゃったんでしょうか？　何かご存じですか?」

「友人? そういえば、特に親しいっていう人はいないな。近所に一人か二人、女友達はいたと思うが」

「何日か泊まりに行きそうな相手に、心当たりはないんですね」

「ああ、ない。家内にもないんだ。わしが知るかぎり、義姉《あね》には我々とカービー通りにいる数人以外に親類はいないし、たまたま分かったんだが、彼女はカービー通りには行っていない」

「歳はお幾つですか? いえ、もちろん、もう伺いましたね」パーブライトは膝に載せたメモ用紙に目をやった。「四十三歳ですね。どんな方でしょうか。つまり、美人だとか、行動的だとか」

ミスター・スペインは肩をすくめた。騎士道に反せずに正確を期すのは、容易ではない。

「美人とは言えんな、正確には。でもまあ申し分のない女性だ。内気で、でもまあ申し分のない」

パーブライトは思い起こした。ランドリュ（アンリ・デジレ・ランドリュ。二十世紀初期のフランスの殺人犯。結婚詐欺の果てに十人の女性を殺害）も相手の女性たちをそんなふうに思ったのだ。そして、あの浴槽事件のミスター・スミス（ジョージ・ジョウゼフ・スミス。二十世紀初期の英国の殺人犯。財産と保険金を狙って三人の花嫁を浴槽で溺死させた）も。「ミセス・バニスターには再婚の意思があったとは思いませんか?」パーブライトが尋ねた。

「いいや、思わん」そういう意思があったとしたら少し慎みに欠けると、ミスター・スペインは思っているかに見えた。

「いないんですね、そういう予定の……」片手を広げて優雅に質問をしかけたパーブライトは、相手のその表情を見て、即座に方針を変えた。

「ところで、その四百ポンドの件ですが、ミセス・バニスターは単に旅行を思い立ったということはありませんか？　ちょっと贅沢をしようとでも思って。刺激のない暮らしをしてきた人たちは、何も言わずに、この時とばかりに突然の衝動に駆られる場合があります。結局のところ、お義姉さまを束縛するものは何もないんですから」

ミスター・スペインは半信半疑な様子だった。「実は、わしもそうかなと思った。でも、リリアンは何事につけ、とても几帳面なんだ。分からないのは牛乳の一件で、彼女なら必ず、隣の人には知らせたはずだ」

「お隣には聞いてみたんですか？」

「まあ、さりげなくだが。噂になりたくなかったものでね」

パーブライトが立ち上がった。彼は非常に背が高かったが、ゆっくりとした人当たりのよい物腰のおかげで相手に威圧感を与えることはなかった。むしろ彼には、特大サイズのペットに見られる愛らしい不格好さがあった。

彼はメモを取っていた用紙をクリップでまとめ、腰かけているミスター・スペインに微笑みかけた。

「もうしばらく様子を見たほうがいいでしょう。買い手が引っ越してくる前に戻って準備する必要があるのは、分かっているはずですからね。もちろん、それまでに姿を現わさなかった場合は、行方を突き止める手立てを考えましょう」

「これくらいのことで心配のしすぎだろうか？　スコープ弁護士の話だと――」

「いいえ、あなたのなさったことは、とても賢明でしたよ。また何か思い出したら、すぐにご連絡ください。ああ、それから写真ですが――あると非常に助かります」

訪問者が立ち去るとすぐにパーブライトは机の引き出しを開け、ファイルを取り出した。ファイルにはタイプで打った文書が二枚と、文書に添えられて、三十五歳から四十歳ぐらいの女性の写真が入っていた。彼は冷めかけた紅茶のカップに手を伸ばして考え深げに紅茶を口にしながら、まずは二枚の文書を読み、そのあとで、ハーロー街から心配してやって来た肉屋の話のメモに目を通した。

第二章

パーブライト警部は、手に負えそうもない問題に直面した時は常に、署長のハーコート・チャップに相談した。一つには、仕事上、そうするのが妥当だというにすぎなかった。「正しい航路」はチャップ署長が極めて重視しているもので、部下がその航路を航行していると彼が信じさえすれば、彼は部下が陸地で安全を確保するうえで頼りになった。

相談するもう一つの理由は――ここでも水による例えが役立つが――署長は頭の回転が静止状態に近く、それが思案の助けになるからだった。事実を小石のように落とし、うわべだけの知恵が静かな水面にさざ波のように広がるのを見つめていると、一人では思いつかないような考えがなぜか思い浮かんだ。

そこで、ミセス・バニスターの家の法定占有期間の最終日になっても売り主である彼女の行方が杳《よう》として知れなかった時、パーブライトは署長室に赴いた。

署長室は広くてひんやりとしている。どっしりした暖炉は、チャップ署長が寄りかかるのにぴったりな場所として保存されていた。彼は、最もくつろげる家庭以外では決して腰をかけないことで知られていた。

「どうやらですね」と、パーブライトは切り出した。「また一人、女性が姿を消したようです」

チャップ署長は眉を寄せた。「また一人」という言葉の意味が理解できず、そのことに、いささか気がとがめた。

「座ったらどうかね、パーブライト君。さてと。ところで用件は何だね?」

パーブライトは、ミスター・スペインから聞いた話に加えて、ミセス・バニスターの経歴や交際関係について彼自身がここ数日間で知り得た情報を報告した。すべてを合わせても、内容的にはごくわずかだった。

「本人の姿が最後に目撃されたのは、先月の末頃のようです。窓拭き業者が家に集金に行ったとかで。彼はそのあとも掃除に二度行っていますが、家の中は、いつもと全く変わらないように見えたそうです」

「いつも中を覗くっていうことかね?」署長は、それは逸脱行為だろうという口調だった。

「彼は勘働きのいい窓拭き人なんですよ」パーブライトは、その男が機に乗ずることでも有名な件は敢えて言う必要もないと考えた。男は口説いた相手用にマットレスをライトバンに積んでいるという評判だった。

「病院も調べたんだろうね?」

「先週、調べました。旅行代理店のほうは、ラブ巡査部長が調べてあります。今は女性の写真を配布して、鉄道の駅やバスターミナルで聞き込みを進めているところです。マーサ・レキットの時と同じように」

「そうか、なるほど」署長は、「また一人」という意味の見当も付かないままパーブライトとの話が終わりはしないか、という心配から解放された。

「その件は進展がなかったんだよな？」

「全くありません」

「困ったな」署長は頰をさすり、上司らしい侘《わび》しげな視線をじっと窓の外に注いだ。

パーブライトは署長の言葉をしばらく待ってから言った。「二つの件には興味深い類似点があることにお気づきでしょう」

「類似点か。そうだね……」

「同じような年齢ですし、ふたりともどちらかと言えば内気で、親しい友人はおらず、おそらく孤独だったでしょう。一人はオールドミスで――いちおう、こう呼ぶことになります。嫌いな呼び方ですが――そして、もう一人は未亡人《ウィドー》で――」

「わしは、その呼び方も嫌いだ」署長が敢然と言葉を挟んだ。「喪服《ウィーズ》」署長は不快そうに鼻にしわを寄せた。

「全くです。でも私が言おうとしたのは、おそらくふたりの最も重要な共通点は――現金を持っていることは別として――口説きやすさという点です」

「ああ、それはどうかな。きみの話を聞くかぎり、ふたりともかなり品行方正に思えるが。マーサは特にね。彼女の母親は、とても上品な人だった」

「私が言うのは、結婚に関しての口説きやすさという意味です」

署長は頷いた。「それなら同意見だ。続けたまえ」

「フラックス・バラで四十年も尊敬に値すると思われている女性は、簡単に誘惑に負けたりはしません。つまり、ドアをノックしてモデルになってほしいと言ってきた最初の男と、駆け落ちしたりはしません。幾らロマンティックに言葉を飾り立てても、信頼できる誘いでなければ応じないでしょう。どんなに慎み深い胸の内にも情欲は沸き立つものだと署長はおっしゃるかもしれません」——署長はそういうことは決して言わないと、パーブライトは誰よりも分かっていた——「そのとおりでしょう。でも、常に安全への配慮が先立ちます」

「きみの言う誘惑だが、そういうことがあったかどうかは分かっていないよな?」

「残る可能性は、ミス・レキットとミセス・バニスターが自分の意思で突然に姿を消したか。誰にも何も告げず、家財も借金もそのままにして」

「そういうことは、よくある」署長はそう言ったあとで口をとがらせ、今の表面的な発言をどう取り繕うか考えた。「人生を変えるために」署長は意味ありげに付け加えた。

「ふたりともまだ更年期という歳じゃありませんしね、確かに」

署長は何も言わなかった。

「やはり、署長と同じく私も、誘惑という線で進めるべきだと思います。自発的蒸発説の場合、同じ町で立て続けに二件起こるとは考えにくいでしょう。ふたりが結婚に関して口説きやすかったのではないかという署長の見解を、もう一度検討してみましょうか?」

「それは、きみの見解だがね、パーブライト君」

「二件ともどこかの段階で結婚の申し込みがなされたことが、そのうちに判明すると思うんです。状況を考えると、結婚を餌にするのが一番うまくいったでしょうから」

「ということは、ふたりはもう結婚しているかもしれんな」

「偽名を使っていなければ、結婚はしていません。その点は、ちゃんと調べました」

「そうなると、結婚の申し込みがあったという仮説は無駄だ。結婚の際に立会人がいた可能性は、まずないからな」

「結婚に言及した手紙か何かがあるかもしれません。女性はふたりとも、あまり出歩かなかったようですから。ミス・レキットの下宿の女主人によれば、マーサは世捨て人も同然だそうですし、ミセス・バニスターも社交に明け暮れる生活でなかったのは確かです。手紙で求婚となると、実に今ふうですね。ふたりとも隠し立てする傾向にあったようですし、中年女性は手紙を書くことで刺激を味わったりするものです。店に嫌がらせの手紙を書く客がいるじゃないですか」

署長は絨毯の模様に人間の邪悪さを見出したかのように、陰鬱な面持ちで床の中央を見つめていた。ヨークシャー・テリアなら――パーブライトは思い出すたびにぞっとするのだが、署長は九匹飼っている――絨毯に厄介なことをしでかすかもしれないが、彼らは匿名の手紙を投函したりはしない。

「覚えておいででしょうが」パーブライトは話を続けていた。「ミス・レキットの持ち物の中には手がかりが何もなかったですし、いずれにせよ、見つけられそうもありませんでした。彼女は手紙をすべてハンドバッグにしまっていたようだと下宿の女主人が言っていましたので。ミセス・バニスターの家のほうは望みがあります。持ち家で、詮索される心配はありませんでしたから」

「ところで、パーブライト君。きみは実に女性の心理に詳しい。きみはそれを不正に活用したりはしないと、わしは信じているからな」

パーブライトはその冗談に、愛想良く、幾らか感謝しながら応じた。署長の冗談は、一日分の――おそらくはその週の分の――情報や仮説は充分すぎるほど聞いたから、あとは思うように進めて構わない、という意味だった。

パーブライトは署長室をあとにし、狭くて騒々しい署内食堂にラブ巡査部長を呼びに行ってから、几帳面なスコープ弁護士がキャドウェル小路四番地というラベルを貼って渡してくれた鍵を、自分の机から取り出した。

「その鍵は遺品じゃないですよね？」ふたりがセント・アンズ街を車で通っていた時に、ラブが尋ねた。

「そうでないといいんだがね、シッド」

パーブライトはいつも、ラブの質問が臆病さによるものか病的な興味によるものか、まるで分からなかった。ラブは見た目よりもずっと歳がいっていた。もしも見た目どおりの歳ならば、学生帽をかぶっているはずだ。彼の表情は天使のように無邪気だ。それは、普通ならば海千山千の放蕩者を示す表情である。しかし、彼の場合は違った。パーブライトには分かっていた。ラブの顔は彼の不運とし か言えない。彼には、まるで不道徳なところがなかった。その一方で無邪気な人々には、ぞっとするようなものに対する並外れた探究心があるものだ。彼らは蛆虫をペットにし、眼球をビー玉代わりにもできるだろう。

家の捜索は、長くはかからなかった。ミセス・バニスターが綺麗好きだという評判は、誇張ではなかった。パーブライトとラブは、初めに一部屋ずつ見て回った。出窓のある表側の部屋には、茶色い革布のソファーの三点セット、鍵盤が真っ白で額入りの写真が三枚載っているピアノ、磨き上げてはあるが旧式なラジオ。そして、陶磁器用の飾り戸棚には、金色に輝く厚手のコーヒーセット、シェリーグラスが六客、牧歌的な風景が描かれた淡紅色の脚付きの壺が一対、並べられていた。居間にはダイニングテーブルと椅子のセット、安楽椅子が一脚、サイドボードが一つ置かれており、サイドボードはほかの家具よりも古く、どっしりとしていた。パーブライトは、サイドボードの食器棚と三段ある引き出しにざっと目を通した。一番下の引き出しには、書類やノートや封筒が入っていた。

「シッド、これは、あとですぐに調べよう」

寝室のうちの二部屋は、大きいほうの部屋にベッドのむき出しの骨組みと大理石の洗面台がある以外、家具は何もなかった。三番目の寝室は明らかにミセス・バニスターの寝室だった。ベッドはきちんと整えられ、淡紅色のサテンの上掛けにはしわ一つなかったが、片側の上端のほうが少し膨らんでいた。パーブライトは上掛けを引き外した。上掛けの下にあったのは、たたんだネグリジェだった。

ラブは、マホガニー製の衣装戸棚の扉を開けた。中にはワンピースが五着、黒いコートが一着、ウールのスカートが二着、ツイードのスーツが一着掛かっており、床には靴が四足、置かれている。パーブライトが、彼らが入ってきたドアを押し戻した。ドアには青い化粧着が掛かっていた。すぐに、パーブライトが階段の降り口を挟んで向かいにある浴室に入る音が聞こえた。彼は、ほどなく戻ってきた。

「歯ブラシと練り歯磨きは置いたままだ」パーブライトはそう言うと、整理ダンスを入念に調べ始めた。

「ここのものも、持って行ったとしても数は多くないな」

ラブはストッキングやブラウスや肌着類がひっくり返して調べられるのを見て、かすかに気がとがめた。肌着類は驚くほど丈が短く、フリルがやたらに付いていた。彼はなぜか、黄褐色や外科医服のような青色の、長袖の肌着やブルマータイプの下着を予想していた。

やがて、パーブライトが捜索の手を止めた。

パーブライトが身体を起こした。彼は、ハンカチの下にしまい込まれていた三枚の便箋を手にしていた。どれも短い手紙で、こう始まっていた。「リリアン、僕のいとしい人――」住所はなく、最後に「一日千秋の思いのレックスより」と書かれていた。

ラブは、パーブライトがそれらの手紙を扱う様子に見とれた。警部の手には、いつの間にか白い木綿の手袋がはめられていた。

「指紋が出そうですかね？」ラブが尋ねた。

「指紋は出るよ、間違いなく。さあ、本格的な捜査にかかるぞ」パーブライトは最初の手紙を読み終え、それをベッドの上掛けの上に、そっと置いた。ラブは丸みのある明瞭な筆跡を見下ろした。

リリアン、僕のいとしい人。一緒に散歩できたことが僕にとってどれほど素晴らしい出来事だったか、きみに想像できるだろうか。あの「小川が語る教え、木々が示す知恵、あらゆるものに備わる善」についてのすべてが真実だ。少なくとも、きみが一緒にいてくれる時には真実だと分かる。田舎は本当に素晴らしいね。メイフェアの広いフラットでの日々がいかに空しいものだったことか。いま僕は、僕たちの小さなコテージを夢見てばかりいるよ。明日また、業者に会う予定だ。週末までには出版社からいい知らせがあると思う。例の手付金の件だけが、ほんのちょっと厄介だ。だが心配はいらないよ。その澄んだ瞳が陰ることはないよね?!　それでは、火曜日に。

一日千秋の思いのレックスより

「何だ、これは」ラブが、つぶやいた。

パーブライトが目を上げた。「ああ、引用の間違いに気づいたんだね。レックスが本当に作家なら、もっとましなはずだ」（手紙の中の引用はシェイクスピア『お気に召すまま』第二幕第一場の一節の不正確な引用）

パーブライトは二通目の手紙をベッドの上に置いた。

　リリアン、僕のいとしい人。行ってきたよ。というよりも巡礼をしてきたと言ったほうがいいかな。今朝、教会までね。本当にきみの言うとおりだ。実に崇高な建物で、死が分かつまでの誓いにぴったりだった。次の小説に、是非ともあの場所を使おうと思う。僕の前の手紙を貸してくれてありがとう。借りて正解だったようだ。現に小説で効果的に使うといい表現があるからね。きみは、すごいインスピレーションを僕に与えてくれているんだよ‼　それから今日は、いい知らせがある。出版社が今朝、長い電報をよこしてね。きみに話したあの強力なライバル出版社の申し出は断ってくれと言ってきた。彼によれば、いわゆる「取引所」（これについては、きみに話したはずだが）の決済日の前にほかの重役が資金調達できない場合は、彼が自分の金から個人的に二千ポンドを僕に送ってくれるそうだ（どうだい、すごいだろう。リリアン！）。このごろは出版社も金融界の言いなりで、嘆かわしいことだ。芸術は、そういう類いのものを超越しているべきなのだが。それはともかく、こういう話を聞けば、きみも、ささやかな「ふたりの幸せへの投資」を安心してできるだろう。そのうちに分かるよ。きみには、その優美な肩の上に「商売に長けた頭脳」があることが‼　ところで業者は、できれば現金が一番いいと言っている。ああいう「田舎の人間」は小切手を信用していないんだ！　それじゃあ、おやすみ。素敵な夢を。明日、「ふたりの木」のところで待っているよ。一日千秋の思いのレックスより。追伸――業者は、こうも言っている。僕たちが手付金を払えば、「敵」はあのコテージの入札を取り下げるだろうって。もうこっちのものだ！

三通目の手紙は、もっと短かった。


リリアン、僕のいとしい人。いわゆる「不測の事態」が生じた。ロンドンでの例の文学昼食会が水曜日に早まったんだ。困ったことになった！　だが出版社が言うには、金曜日は劇作家のＪ・Ｂ・プリーストリーの都合がつかず、どうしようもないそうだ。だから、分かってくれるよね。金曜日の七時に「ふたりの木」のところに来てくれれば、もちろん、オールド・ロンドンの陽気な金細工師の「とびきりの品」を持っていくよ‼

一日千秋の思いのレックスより

「ミセス・バニスター退場、『ふたりの木』経由で」演劇のト書きを模して、パーブライトが言った。

彼は手紙をたたんで封筒にそっと入れてから、白い木綿の手袋を外した。

「確かに、作家っぽく書いてますね」ラブが言った。警部は、あきれ顔でラブを見た。

一階に戻り、パーブライトはダイニングテーブルの上で、サイドボードの引き出しの中身をすべて取り出した。中身は主に、家計費の請求書や少額の領収書、保険書類、住宅金融組合の古い記録、雑誌から切り抜いたレシピ、古びたスナップ写真、洗剤のチラシだった。別の封筒には、家の売却に関する書状が入っていた。それと一緒に、銀行のかなり長期間分の取引明細書が二通と、七枚が未使用の小切手帳もあった。ミセス・バニスターは明らかに、銀行を頻繁には利用していなかった。そのほうが好都合だ。

パーブライトは小切手の控えを下から一枚ずつめくっていった。一番下の最新の控えは一カ月前の日付で、「自分宛」として四百ポンドが引き出されていた。

それが「幸せへの投資」であるのは明白だった。

小切手の控えはその後、自治区議会への支払い——おそらくは地方財産税——や、水道局、電気局、保険会社、通信販売店など、ありきたりな支払いの記録が続いていた。

一枚だけ、よくある支払いだと即座には片付けられないものがあった。

日付は四カ月前。金額は二十ギニーで、支払先はシルヴィア・ストーンチ。

パーブライトは数秒間、その控えを眺めていた。それから、ラブに向かって言った。

「きみは何か心当たりがないかね？　ミスだかミセスだか、シルヴィア・ストーンチという女性に」

ラブは考え込んだ。すべすべしたピンク色の天使のような頰を引っ張りながら考えていた。

「名前に聞き覚えはあるんですが」考えた末に、彼が言った。

第三章

フラックス・バラ。何と素敵な名前なのだろう。正面が奢侈なゴシック様式のフラックス・バラ駅にロンドンからの列車が到着するずっと前に――列車がダービー市の北で転轍機《てんてつき》をゴトゴトと渡り、イングランド東部の広く明るい空へ向かう一筋の線路上を滑らかに走り始めるよりも前に――ミス・ルシーラ・ティーータイムは、フラックス・バラは自分の好みにぴったりに違いないと思った。

彼女は変化を必要としていた。馴染みの場所や馴染みの暮らしから抜け出すことを。今のままでは型どおりの暮らしが自分に悪影響を及ぼしかねない。主体性を保ち、人生に対する興味を失いたくなければ、悪影響は好ましくなかった。

しばらくロンドンを離れようと決めた時、信頼を裏切ることになるという思いが――単なる良心の呵責だったが――彼女の心をよぎった。彼女は人生のほとんどをロンドンで過ごし、大いに楽しく暮らしてきた。健康状態は極めて良好で、今も鋭敏だという自信はある。しかし、そうとは言い切れないことも悟っていた。この一年で一度か二度、度忘れや間の抜けたことをして、一時的に不都合が生じた時もあった。ある意味、彼女はそういう事態に感謝していた。独りよがりは危険だと、手遅れになる前に知らせてくれたからだ。

ロンドン人には独りよがりの傾向がある。ミス・ティーータイムは列車の一等室で独りの居心地の良さに浸りながら、思い巡らせた。それだから、ロンドン人はだまされやすいのだ。地方からあの広い騒然とした都市に出て一旗揚げるだけの才気があれば、だまされるわけはない。そうやって大勢のしっかり者の地方人はロンドンで一財産を手にし、ロンドン人はあとになって、地方人はただサッカーの試合や若い女性を見たくてロンドンに来たのではなかったと気づく。

きっと大丈夫だ。慣れ親しんだ旧態依然のロンドンをしばらく離れても、何の不都合もないだろう。心も身体も思い切り伸びをしたがっている。新鮮な何か、興味をそそる何かが必要だ。

彼女は窓の外を見た。地面の裂け目のような長い排水溝と低い生垣で広い長方形に区切られた耕地が、青灰色に霞む地平線の彼方まで連なっている。数棟まとまった農舎が何マイルも離れているかのごとく点在し、整然として左右対称で機能的に見えた。絵のような風景とは程遠かった。ミス・ティータイムは加工食品のテレビ広告に映し出される農園を思い浮かべ、都会人の単純な思い込みに笑みがこぼれた。

作業をしている人の姿はなかった。住民が絶えたかに見えた。黒々とした大地を這うように進むトラクターの時折きらめく鮮紅色の光だけが、人間が活動している証しだった。彼女は、風景のラベンダー色に霞む片隅に目を凝らした。ぼんやりと木立の影が見え、そこかしこに尖塔が――広大な空を背に、草木のとげのようにしか見えなかったが――突き出ていた。

ミス・ティータイムは席のかたわらに置いていた本を手に取った――バリントン・フール（〈フラックス・バラ〉シリーズの本書以前の作品に初登場している眼鏡技師）が書いた『東イングランド旅行案内』。彼女はその挿絵に目を通し、やがて車窓の眺めとほとんど同じ風景に行き当たった。彼女は自分自身にもその本にも満足し、フラックス・バラに関する章を読み始めた。

聞いていたとおりのことが書いてあった。フラックス・バラは市場町で、歴史はかなり古く、社会的にも政治的にも譲歩しなかった驚くべき記録が残っている。古代ローマ人は当地で一個軍団を失った。ノルマン人は、この町を救いがたい好ましからざる無法者の牙城だとして、相手にするのをやめた。だが一方で、ヴァイキングは気質が同じだと歓迎され、定住を勧められて住民となった。住民の頑固なまでのつむじまがりは、その後八百年、町を服従させて併合しようというあらゆる企てに屈することがなかった。

その本によれば、フラックス・バラは揺るぎない繁栄を堅持していた。周囲に肥沃な耕地が果てしなく広がっているのを見るかぎり、繁栄に影が差すことなどあり得なかった。町には埠頭（ヴァイキングが喜んだように、川は航行が可能だ）や食品工場が幾つかあり、プラスチック産業の町でもあった。

自治都市《バラ》としての伝説は華やかだった。十六世紀に酩酊状態の国王に勅許状を強要して自治都市となって以来、市長の職に就いたのは二百五人。そのうちの二十三人はナイト爵に叙せられ、一人は聖者の列に加えられ（列聖は大いなる誤りだったと数人の歴史家は主張している）、六人は新世界たる西半球で名士となり、四人は旧世界たる東半球で絞首刑に処せられた。年に一度、市長の誕生日に祝賀会場のバルコニーから寝室用便器の中身を空けることは今でも名目上はフラックス・バラ自由市民の特権だったが、その際に「救貧区の十二人の頑強な住民」がバルコニーの下に整列させられるというしきたりは、すでに廃れていた。一方で、「プディング戦」の儀式は慣例どおり行なわれていた。市《いち》が開かれる広場で、輪っか状のブラック・プディング（豚の血を多く含む黒っぽいソーセージ）をぼろぼろになるまで蹴り合うのだが、この奇妙な万霊祭版サッカー試合には、どうやら相変わらず、進んで出場する人々が大勢いるようだ――虫のいい好古家たちによれば、これは新しい物に対する共同体の不寛容さを象徴しているのだという。

滞在に選んだフラックス・バラに関するこれらの知識や同様に興味深い数々の情報を得た頃、ミス・ティータイムは車輪が刻むリズムの変化に気がついた。リズムは遅くなり、一定ではなくなっていた。彼女は顔を上げた。車窓を貯水塔と倉庫が過ぎ去り、老朽化した機関庫が続いた。無蓋貨車が窓際まで寄ってきたかと思うと、鉄製の家禽類が鳴いているかのような音を立てて離れていった。空《から》の貨物操車場の先に家々の瓦屋根が農村のリンゴのように日に赤く映え、その向こうには教会の塔が蜂蜜色に輝いて、澄んだ空にくっきりとそびえていた。

「セント・ローレンス教会の塔ね」ミス・ティータイムは、嬉しそうに自信をもってつぶやいた。

荷物は旅行鞄が二つ。厄介なほどの重さではない。彼女はそれを持ってアーチ形の高い歩道橋を渡り、切符売り場にさしかかった。窓口のそばに呑気に寄りかかっていた男性に切符を渡し、彼女は優しく微笑んだ。男性は、鉄道員というよりも船乗りのように見えた。彼は切符売り場を出てゆく彼女を、厚かましく品定めしながら見つめていた。ルーシー・ティータイムは歳のわりには、とてもほっそりとして美しかった。誰もが直観的に彼女を好ましく思った。というのも、彼女の容姿には、また一人ずんぐりとして不機嫌で人生に挫折した年配女性の光景を相手の目に触れさせまいとする、嬉しい気配りが窺われたからだ。

彼女としては、自己保存（怪奇的状態を招く手前での自己保存）は個人的な楽しみであると同時に、公的義務だと考えていた。老いぼれてしまった身体は、老朽化した建物に劣らず、見るには堪えない。趣味の悪い服は、見映えの悪い店先と同じように許しがたい。検査官が必要だと、時おり彼女は思う。

口紅の提示を求めたり、胸部復元の注文を取ったりする権限のある検査官が。

駅を出た彼女はあたりを見回してタクシーを探したが、途中で思い直した。ロンドンでの習慣は、ここでは贅沢なのだ。突飛だと言ってもいい。歩行者が車にはねられる心配はないのだから、歩けばいい。いずれにせよ、タクシーは見当たらなかった。

駅前広場を横切って広場から通じる狭い路地を進むと、やがて乗用車やバスの流れが交差しているのが見えた。これが、本の案内図によれば、イースト・ストリートに違いない。この通りのはずれにローバックホテルがある。名前が気に入ったというだけで選んだホテルだ。

イースト・ストリートは、思っていたよりもはるかに繁華な通りだった。歩行者の安全に関する彼女の楽観論は外れていた。歩道は幅三フィートほどの狭い岩棚にすぎず、歩行者は車輪の奔流の中へ落ちる危険に絶えずさらされていた。ミス・ティータイムがようやく機を見て他の歩行者たちの顔を覗き込むと、彼らは無頓着に平然としているか、それと同じぐらい多くの人が、ブレーキを必死に踏むドライバーの表情を盛んに面白がっていた。彼女はその様子を見て初めて、つまりは一種の娯楽――クマいじめ（つないだクマに犬をけしかけて見物した、かつての娯楽）の現代版――なのだと分かって度胸が据わった。幾らか緊張がほぐれ、商店に目を向けるゆとりもできた。

しばらくすると車道も歩道も幅が広がり、混雑は緩和した。ゆったりのんびりと、あたりを見回せるようになった。映画館、ウルワース雑貨チェーン店、二ペンス引きという福音の標語をあちこちに貼り付けたセルフサービス店。結局はトゥイッケナム（ロンドン南西部の地区。テムズ川に臨むリッチモンド・アポン・テムズ自治区の一部）と、さして変わらなかった。そびえ立つ建物を見上げると、どれも十八世紀の威厳ある上品な造りだった。通りは全体にわたって、これらのジョージ王朝様式のファサードが残っていたが、今は明るいパステルカラーの塗装が施され、颯爽とした風情だ。
どういうわけか車が行き交っていない横道に出た。歩行者の無鉄砲な挑発行為でもあって、往来ができなくなっているのだろう。ミス・ティータイムは横道を渡った。渡る前に目にしていた数軒並んだ露店は、期待外れだった。驚くほど割安な馬車用ランプや紙押さえ《ペーパーウェイト》や銅製の湯沸かしが山と積まれてはおらず、園芸植物や服地、安売りの砂糖菓子ぐらいしかなかった。ここでも、彼女の楽観論は外れた。しかし、今は学んでいる最中だ。そのうちに、ここがどういう町なのか見極められるだろう。

園芸植物の露店のかたわらに立っていた彼女は、数ヤード先で二階の窓を拭いている清掃人に気がついた。梯子の近くにバケツが置いてある。梯子がもう一台載っている手押し車が、側溝に寄せてあった。彼女は何気なく手押し車に目をやってから、窓拭き人に視線を戻した。次の瞬間、彼女は、えっという顔つきで、もう一度手押し車に目をやった。手押し車の側面には白い太字で「ザ・クイーン・マスト・メイク・ウォーター《女王もお小水をする》」と書かれていた。

ミス・ティータイムはその度肝を抜くメッセージを通行人たちも見たかどうか確かめようと、彼らの顔を盗み見た。誰も怪訝そうな顔はしていなかった。ただ一人、仲間から離れて少年が、ともあれ関心がある様子だった。窓拭き人に注意を払いながら、少年は梯子のそばをそっと通り、バケツの中に手から何かを落とした。そして、仲間のもとへ取って返し、みんなで窓拭き人の様子を窺っていた。

やがて、窓拭き人が梯子から降りてきた。青白い、小鳥を思わせる顔つきで、心配性で目ざとそうな目をしている。男はバケツのそばに膝をつき、拭き革を水に突っ込んでぐるぐる回しながら、緊張した衛兵のように通りのあちこちに目をやった。それから、拭き革を引き上げ、ぎゅっと一回強くねじって水を絞った。

とんでもないことが起こった。男の指の間から、血が一気にほとばしった。

ミス・ティータイムは小さな悲鳴を上げた。男は彼女に目をむき、すぐに視線を落とした。恐怖のあまりわめきながら男は突然立ち上がり、深紅色に染まった拭き革を取り落として歩道へよろめいた。

「ワインだ！」男が怒鳴った。「なんてこった！」

ミス・ティータイムは、露店主の女性が非難の舌打ちをするのを耳にした。「全く、あの子たちはいたずらが過ぎるよ。そのうちに梯子から落ちなきゃいいがね」

染料の包みだ、当然ながら。ミス・ティータイムは悲鳴を上げたことが少し癪だった。

「あの子たちは、いつも彼をからかっているのね」彼女は露店主の女性に話しかけた。

「ええ、彼はお酒が大嫌いなんですよ」露店主が説明した。「信心深くてね」

「なるほど」

気を取り直した窓拭き人はバケツを車道へ蹴り出し、ぶつぶつ言いながら、バケツの中身が流れ出るのを見ていた。やがて、梯子とバケツを手押し車に積み、帰ろうとしてぐるりと向きを変えた。手押し車の反対側に現われたのは、彼のメッセージの後半部分だった。「……アワ・オンリー・ドリンク・バイ・ロー」（前後半ともで「女王は法律によって水を唯一の飲み物とすべき」の意）

その五分後、「できれば」と、ミス・ティータイムはローバックホテルのフロントの若い女性に言った。「こちらが、お酒を出さないホテルではないといいんですけど。予約する時に確認しなかったもので」

「ええ、違います。ちゃんと認可を受けております」

「それは何よりです。では、部屋にウイスキーを少し届けていただけるとありがたいのですが。差し支えなければ地方紙も」

ミス・ティータイムは旅行鞄を持ってくれている客室係の女性の案内で、二階へ上がった。川が見渡せるその部屋が、彼女はすぐに気に入った。レースのカーテンの掛かっている開き窓越しに、立ち並ぶ帆柱の先端や船渠《せんきょ》のクレーンの腕が見える。クレーンの腕は、詮索好きな恐竜の首のようだ。小ぶりのベッドには、白地にピンクの大きなバラを一面にあしらったフリル付きの上掛けが掛かっていた。同じ布地の肘掛け椅子が一脚、ガスストーブのそばに置かれている。部屋の中央の小さなテーブルの上には、白いシクラメンの花が一鉢。ベッドの裾の近くに、小幅板でできた例の奇妙な、用途の定かでない、イギリスのホテルの部屋にだけ見られるあの踏み台が一つ。そして、部屋の隅にはお決まりの合板の衣装戸棚。扉を開けようとすると揺れてカタカタとハンガーのうつろな音を立て、扉は一度開くと、二度と再び閉まらない。

ミス・ティータイムは慎ましく簡単に手を洗い、服と靴を替えて肘掛け椅子を窓の近くに寄せた。カーテンを開けて留め、ちょうど椅子に腰を下ろした時、フロントにいた若い女性がウイスキーの入ったグラスと新聞を届けにきた。ミス・ティータイムはウイスキーがダブルであることに気づいて、満足そうだった。

「長旅でお疲れではありませんか?」女性は、薬の計量カップのようにグラスを持っていた。

「全然疲れていませんよ。乾杯！」

女性は少し戸惑った様子で立ち去った。

ミス・ティータイムはしばらくのあいだ、下を滑るように流れてゆく川の黒っぽい水を見つめていた。川は、峡谷のように倉庫の壁が並び立つあいだを流れていた。壁は灰緑色の筋の入った薄いシナモン色の石材製で、水面のずっと上に上部が丸い開口部が穿たれており、開口部の幾つかからは木製の吊り具が突き出ていた。そうした風景に、絶え間なく旋回するカモメたちの姿が、瞬時に変わる白い模様となって重なった。

やがて彼女は窓から目を離し、ウイスキーを飲み終えて、『フラックスバラ・シティズン』を広げた。

それは、肘掛け椅子の小柄な婦人をテントのように覆うほどの大型新聞だった。彼女は記事にざっと目を通してから、案内広告欄の二ページ目を表にして折りたたんだ。そこは求人欄と個人広告欄のページだった。

ミス・ティータイムは、鉛筆で求人欄の三つの広告を丸で囲んだ。すべて、交際相手を探している広告だ。

次に彼女は旅行鞄の一つから、二週間前に郵便で受け取った『フラックス・バラ市街図・索引』を取り出した。三件の広告主の名前と住所を索引で引き、三度、市街図を参照した。こうして調べた結果、どうやら関心が湧かなかったようだ。彼女はすぐに鉛筆書きの囲みを線で取り消し、個人広告欄を調べ始めた。

期待はできそうもなかった。

広告の大部分は、無遠慮な言葉遣いや奇抜な表現を使った全くの商業広告だった。たとえば、「広告――フラックス・バラのプラム・マートに火曜日に来てね。一緒にお買い得品を選びましょう。うそみたいな分割払いで買えるのよ――デイジー」

あるいは、「肉《ビーフ》に不満があるなら、ウエスト通りのハンブルズにおいでなさい。町で一番上等な肉が見つかります」

　特に高利貸しの甘言は見え透いていた。「十ポンドから一万ポンドまで」葉書を投函するだけで借りられ、しかも担保は不要だという。ミス・ティータイムは、ひとり微笑んだ。「担保不要」には借り手の法的立場を弱める意図があり、融資の条件に手心を加えているわけではない。

　個人広告欄は、取り扱いが簡単な煙突のかさ、入れ歯安定剤（「これで恥ずかしい思いをしなくて済む」）、吃音《きつおん》の治療薬、マンドリンを一週間で習得する方法といったありがたいものの呼び売り商人にとって、顧客獲得の場でもあった。

　同様にして、薔薇十字団（オカルト的教義を信奉した十七～十八世紀の秘密結社）の秘密を学ぼうとか、藁束のジョーン《ジョーン・ザ・ワッド》（コーンウォール地方の伝承に登場する小妖精。安全で幸運な道へ藁束（たいまつ）で導くとも信じられている）の能力を手に入れよう、毛皮を取るために動物を苦しめるのはやめようといった広告が続いていた。

　さらに次の広告にはたくさんの広告主の住所が記載されており、詳細は書かれていないがゴム製品を宛名だけの封筒で即時発送すると書いてあった。「確実に千パーセント保証、諸経費不要」ミス・ティータイムは、一人つぶやいた。

　彼女は広告欄をさらに下へと見ていった。

「一風変わった芸術の愛好家にとっては類いまれな好機――」

　おやおや！　メイジーとテッドは今も仕事に精を出している。全く変わっていない。本当に仕事熱心だ。

「ビジネスチャンスをお探しなら――」いいえ、結構。これではない。

「手に汗握る戦争体験をもとに小説を書いた男性。出版するにはどうしたらよいか助言を求む」このほうがいい。でも、これはまだ最後の手段だ。さぞ大変なことだろう、戦場から帰還した人たちは……。

あった！

広告欄の最後の最後に、それはあった。あるわけはないと彼女は思っていた。片田舎の裕福で保守的なフラックス・バラになど。

結婚相談所だ。

ほかに考えようがあるだろうか——「ハンドクラスプ・ハウス——独りの人生がほとほと嫌になっていませんか？」

ミス・ティータイムは、その広告を最後まで入念に読んだ。会員の方々の職種は様々……ご紹介をさせていただき……末永いお付き合いを前提に……幸せを手にした方は数知れず……お手頃な入会金……。間違いない。

彼女はハンドバッグからラベンダー色の小さな手帳を取り出した。ハンドクラスプ・ハウスの住所を書き留める彼女の顔に満面の笑みが浮かび、育ちの良いその顔立ちが魅力的に輝いた。

手帳をしまって『フラックスバラ・シティズン』をたたむと、彼女はまたじっと、川辺や旋回するカモメたちを見つめた。

第四章

「カフェだ」と、ラブ巡査部長はパーブライト警部から言われていた。「ミス・レキットとミセス・バニスターなら、相手とはカフェで会ったような気がする。ふたりの写真を持って、回ってみてくれ」

フラックス・バラには、ふたりが行きそうな店が八軒あった。ただし、ラブが行ってみると、二軒はセルフサービスのカフェテリアで、三軒目は「ミルクセーキ&ドーナツ店」という派手な看板が掛かっていた。この三軒は、三十分もしないうちにリストから除外できた。だが残りの店を重い足取りで回り始めた途端、これは長くて気の遠くなる捜査になりそうだと彼は思った。

市役所の隣の「ペニーズ・パントリー」で、彼は客たちの肘や大きな買い物かごに揉まれながら、すでに何時間も待っている気分だった。店の者が一人で――店主のペニーだろう――ヒュドラ（ギリシア神話でヘラクレスが退治した九つの頭をもつ大蛇。頭を一つ切ると代わりに頭が二つ生じたという）の頭のごとく次から次へと現われる客に対応していた。客の女性たちは各々、籠城は長期に及ぶと警告を受けたかのようにあれもこれもとケーキを指差し、ペニーは気が滅入るような細心さで、ケーキを厚紙の箱に詰めていた。

ようやく、ラブは身振りでカウンターの女性に合図できる位置まで到達し、彼女の視線を捉えた機を逃さずに両眉を上げ、あっちへと言うように戸口に向かって指を突き出した。戸口の向こうには、空いているテーブルが幾つも並んでいる。

〈閉店中〉と、女性は身振りで合図した。〈十一時から〉。彼女は下を向いて、ショーケースからアーモンドケーキを取り出した。

〈話があるんですが〉。ラブは、彼女がまた自分のほうをちらりと見た瞬間に、声を立てずに急いで口だけ動かした。

　彼女は顔をしかめた。〈何のですか?〉彼女も口の動きで、そう尋ねた。

　急に喉頭炎になった者同士の会話のようだった。

〈私は、警、察、官、です〉。ラブが伝えた。

　彼女は少し考えてから無愛想に頷き、奥へ消えた。ラブは人をかき分けて隅まで行き、売店を抜けて喫茶室へ入った。彼女は、すでに喫茶室にいた。腹を立てているようだった。

「あのう、とっても忙しいんですけど」

「分かっています。申し訳ありません。すぐ終わりますから」彼は、持ってきた二枚の写真を取り出した。

「実は、こちらのカフェで、このご婦人方のどちらかを見かけなかったか伺いたいんですが。正確には、この二、三カ月のあいだに」

　彼女は、長いあいだ真剣に写真を見ていた。

「この人たちは、何をしでかしたんです?」

「何もしてはいません」ラブは穏やかに答えた。彼の青い瞳に相手の疑わしげな視線が注がれたが、彼の瞳は落ち着いていた。

彼女はミセス・バニスターの写真を手にして言った。「この人は、このあいだ来た人かもしれないわ。自信はないですけどね」

「どのくらい前でしょうか?」

「かなり前だわ。二、三週間かしら。もし、その人ならね」彼女は、はっとした。「ねえ、もう店に戻らなくちゃ」

「分かりました。ただ、一緒にいた相手のことは覚えていませんか?」

「ええと、でも本当にもう……」彼女は写真を彼の手に押し戻して、背を向けた。

「大事なことなんです。正直に言うと」

彼女はそれを聞いて気の毒に思い、立ち止まって喫茶室の片隅のテーブルを見つめた。当時の印象の記憶をその場に捜し求めているように見えた。表情を曇らせ、どうにかして思い出そうとしていた。

次の瞬間、彼女の顔にかすかな笑みが浮かんだ。

「蝶ネクタイよ」彼女が不意に言った。

「どういうことですか?」

「彼は、してたのよ。蝶ネクタイってあるじゃない、あれを。最近はあまり見かけないけれど。でも、覚えているのは、それだけ」

「ほかには、ありませんか?」

彼女は首を振った。だが視線は隅のテーブルに、じっと注がれたままだった。

「歳は幾つぐらいだったでしょうか?」ラブが尋ねた。

「まあまあな歳ね。中年だと思うわ。女性と同じで」

「髪の毛は？」

　彼女は肩をすくめた。

「黒かったですか？　それとも、ブロンド？」

「ブロンドだったわ。彼は……」

「何ですか？」

「えーと、どう言えばいいのかしら。女性に親切《ガラント》っていう感じ」彼女はその形容詞の二番目の音節を強く発音した（「勇敢な」という意味の「gallant［ギャラント］」の強勢は第一音節にあるが、「女性に親切な」という意味の時には第二音節に強勢が置かれる場合がある）。パーブライトなら、こういうちょっとした軽薄さは実際よりも良識があるように思われたいという願望の表われだと分析しただろう。ラブは残念ながら、そういう曲がりくねった思考回路を持ち合わせていなかった。

「つまり、伊達男風ということですか？」

「まあそんなところね」彼女はそう言って、立ち去った。

　セント・アンズ街の恐ろしいほど廃れた野暮ったい「ピューター・ケトル」ではまるで収穫がなく、「チャーチタワー・レストラン」でも同様だった。「ハニー・ポット」では、覚醒剤密売で疑われていると思い込んで憤慨している未婚女性の店主を相手にしなければならず、マーケット・ストリートの「クロック・ティールームズ」は、改装のために閉まっていた。

　マーサ・レキットの写真に唯一反応があったのは、ラブが最後に立ち寄ってみた、バス停近くの建物の二階にあるカフェだった。はち切れそうなウエイトレス用ワンピース姿が道化芝居のメイドを思わせる、ふくよかな若いイタリア女性は、写真を見るや、その女性にすぐに思い当たった。

「あたしが働き始めた日に来た人です。たぶん、一人目か二人目のお客さん」

「それで覚えているんですね？」

「そうです」

「誰かと一緒でしたか？」

「ええ、男の人と。司祭さまだと思います」

ラブは、意外だという顔つきになった。「司祭ですか？」宗教体験が乏しい彼にとって、その言葉は別世界の響きがあった。ゆったりとした祭服をまとった司祭が、聖体のワインのごとく紅茶を注ぐ姿が、一瞬、彼の脳裏をよぎった。

「そう思います。司祭さまみたいに服も手袋も真っ黒でしたから」彼女は両手の指先を合わせた。

「そして、ずっと、とても悲しそうに、あたしの脚を見てるんです」

「ああ、牧師ということですね」

「ええと、そうです」

「どんな牧師だったか覚えていますか？」

彼女は覚束なげに口をとがらせた。何て可愛いのだろう、とラブは心の中でつぶやいた。

「男の人で、若くはないです。あなたほど若くは」ラブの顔が輝いた。「でも、何ていうか……何となく素敵で……分かります？」そいつは何となく素敵なのか。ラブは、自分もそうだといいがと心から思った。

「ほかに覚えていることはありますか？　目や髪の色とか」

「ええ、覚えてます。髪は黒じゃなくて、あの色は……」彼女は指を空中で小刻みに動かしながら、覚えた英語を総動員して例えを探していたが、やがて顔を輝かせた。「フライドポテトのような色です！」

パーブライトは、ラブの報告にとても満足したようだった。

「予想以上に情報をつかんできたな。私もきみぐらい女性の扱いがうまければなと思うよ」

「男の情報がそんなに役に立つとは、思っていませんでした」

「すごく役に立つ情報なんて、滅多にないよ。六インチの傷跡があるとか内反足だとかいう情報でもあれば別だが。重要なのは、我々の追っている人物がどういう類いの人間なのか――たとえば業種とか――が、前よりもずっとはっきりしてきたという点だ」

「小説を書く牧師だということですか？」

「その逆だ。我々が見つけなきゃならないのは、小説を書かない、牧師ではない男だ」

「それなら、きっと簡単ですよ」ラブは、いちいち否定されてもめげるものかと思った。

「簡単ではないよ」パーブライトは、やはり否定した。「ただし、ここがフラックス・バラだということを考えれば、たとえば横領犯や不義を働いた人物よりも、捜し出すのは簡単だがね。ほかの針と一緒に容器に入っている針よりも、干し草の山の中の針のほうが見つけるのは、ずっと楽だからだ。

ところで、誰がミス・レキットとミセス・バニスターの愛情を勝ち取ったにしろ、明らかに詐欺師のプロかセミプロの仕業だ。そういう連中のあいだでは、仕事は厳密に特化されている。義援金詐欺師は百科事典の販売詐欺には手を出さないし、オイル切れの心配がないというオイルライターの販売資金が必要な発明家も、魂の導き手として時間外労働したりはしない」

「あの男もそうですね」ラブが口を挟んだ。「ウェリー参事会員をエドワード七世に引き合わせたっ

な。

「まさにそのとおり。専従者《フルタイマー》だ。参事会員と二人で根気よく、八十三回も国王に頼み込んだんだから
て言われてる、あの男も」

さて、目の前の仕事に戻ろう。いま我々が相手にしている男も、一種の専従者《フルタイマー》だ。結婚話に漕ぎつけることだけを考えている詐欺師。おそらく、やつは詐欺師の中でも無類の働き者だ。考えてもみたまえ。自分がおよそ結婚したくもない相手に求愛し続ける日々を。本当に骨が折れる仕事だよな」

ラブ巡査部長も恐れ入ったという様子だった。ほんの数回、控えめに女性を口説いた時でさえ、時おり緊張していた彼らしかった。

「そういうわけで、我々が捜しているのは普通の犯罪者ではない」パーブライトが先を続けた。「相手は、もっともらしく作家を装い、おそらく牧師にもなり、ひょっとしたら、これまた恋愛小説に出てきそうな別の人物になりすます、そういう男だ。今ごろ何になっているのか、興味深いな」

「外科医かもしれませんね」ラブは、すでに話のコツをつかんでいた。

「然り、大いにありうる。繊細な長い手を誇示するために上着の袖をたくし上げて、車の運転席の後ろにデトール（レキット&コールマン社製の皮膚消毒液）を振りかけておくかもしれないな」

「諜報部員はどうです?」

パーブライトは、それはどうかなという顔つきだった。「若い、まだまだ子どもの女店員が相手なら、それもありだろうがな。やつは、ボンド・シンドロームに付け込むような下手な真似はしないよ」

「利口な男ですからね。手がかりを残さないように、ミセス・バニスターから手紙を取り戻したりし

て」

「全くだ。しかも、やつが回収しなかった三通には、ほとんど何も手がかりがなかった。どうやら、指紋さえなかったようだ。手紙のやり取りは、どうやっていたんだろう。自分の住所を明かさずに、という意味だが」

「ひょっとして私書箱番号のようなものを使ったとか。郵便局で受け取ったかもしれません」

「私書箱番号か……」パーブライトが、つぶやいた。ふと、二十一ポンドという金額が脳裏に浮かんだ。つまり、二十ギニー。プロの仕業。ギニー。入会金。顧客。

「シッド」と、パーブライトが唐突に言った。「市内のどこかに結婚相談所の類いはないかな？」

ラブは、その質問の意図が即座には理解できないようだった。ややあって、彼は椅子に座り直した。

「あの名前……」

「どの名前だ？」

「小切手帳のです。ステンチ……ストーンチ」ラブが指をパチンと鳴らした。「そうです。彼女はノースゲイトで結婚相談所とやらを経営しています。リベラル・クラブがあった場所です」

パーブライトは思い出してくれたラブに愛想のよい笑顔で報いてから、腕時計を見た。「今から私が行ってこよう。向こうで何と言えばいいかな？　カタログが欲しいとでも言えばいいか？」

ノースゲイトは、フラックス・バラの中では寂れた通りの一つだった。高齢者には、そこが「高級な通り」——店主が客を出口まで見送り、あとで「お買い上げ書」と書かれた請求書を送る、そういった店が並ぶ通り——だった当時の記憶がある。かつては正面玄関の両側に主窓がある大きな家が四軒も、真鍮製の医者の看板で美しく飾られていた。パブは許可が下りず、礼拝堂も同様だった。というのも、ノースゲイトの居住者や実業家は、公衆に飲食物を供給する俗悪さとメソジスト派のヒステリックな節制を、等しく忌み嫌っていたからだ。ノースゲイトは、上品な薬剤師が窓辺で金色の磁器製の大壺と巨大な着色瓶を前に薬を調合していそうな、そんな通りだった。帽子箱とショウガ入りクッキーやジェントルマンズ・レリッシュ（アンチョビー・ペーストの商標）の包みを手にした人々が、自宅の「行商お断り・チラシお断り」とエナメル塗料で書かれた通用口に向かって行き来していたことだろう。

　しかし、それもすべて遠い昔の話だった。商業の中心が川の対岸のイースト・ストリートに移ると同時に、初めは賑わいが、次には品位が、木から樹液が滴るようにゆっくりとノースゲイトから失われていった。医者たちが引き払ったあとの邸宅は、フラットや自動車付属品会社の事務所になった。薬局や馬具店や菓子店だった店の埃だらけな張り出し窓の奥では、自転車やソファーの修理工が黙々と仕事をしている。町で一番店構えの立派な食料品店だった建物は、今では一つの階に冷凍設備と数トンの冷凍したフィッシュ・スティック（スティック状にした魚肉にパン粉を付けたもの。またはそれを揚げたもの）が収納され、残りの階には、マンチェスターの東方で製造された瓶入りソースが大量に貯蔵されていた。非国教徒と彼らの恐ろしく大きい殺風景な建築物に対する長年の禁止令は復讐を被り、サンダーソン医師の馬車置場は波形鉄板と実《さね》はぎ板張り（片側に突起を作り他方に溝を彫った板を接合して、床や天井、腰羽目を作る）によって伝道所へと拡張され、ついには蛍光を発する十字架と旧約聖書の預言者たちの気にさわる発言を連発するポスターまで備わった。

　パーブライトがファリア・ストリートからノースゲイトに入った途端に建物の薄い壁の向こうから彼の耳にブーンと鳴り響いたのは、伝道所の会衆の慟哭にも似た不気味な声だった。どうやら伝道会は絶え間なく続いているようで、声が止むことはほとんどなかった。声の出所へ近づきながら、彼は不思議に思った。どうして宗教は――少なくとも西洋の宗教は――神を賛美することにこれほど重きを置くのだろうか。まるで共感できなかった。

彼は通りを渡った。遅い午後の暖かい日差しが心地良く、のんびりと歩いていた。彼は、貧弱な通りが嫌いではなかった。どこもそれぞれ、独特の面白みがある。たとえば、ノースゲイトには薬草商の店があった。彼は小さな薄暗いショーウィンドーの前で足を止め、中を覗き見た。小皿に粉々の葉や砕いた根が小さな山型に積まれて並んでいる。一つ一つの皿には、手書きで薬効の説明が付いていた。特に興味をそそられたのは、アカニレの皿に立てかけてあるカードだった。「美味しいブラマンジェができるとともに家族計画推進者の皆さまには非常に貴重（使用説明書をご希望の際はお申し付けください）」

さらに先に行くと、タバコ屋があった。凝った装飾のある嗅ぎタバコ入れの小瓶が並び、それぞれに名前が付いていた。セヴン・ダイアルズ、セネター、バーバラズ・マフ、ヴォルテール、ピリーコック。商品札の付いた長さ一フィートの埃だらけのシガレット・ホルダーが六本並んでいるその上方には、エドガー・ウォーレス（英国の推理作家。一八七五～一九三二。シガレット・ホルダーがトレードマーク）の写真が掛かっている。カンカン・ダンサーの脚に似せた作りのパイプのラベルには、「新着商品」と高らかに書いてあった。

彼はまた別のウィンドーを覗き、こういう展示は一体何の店なのだろうかと首をかしげた。鉢植えのゼラニウムが一鉢、輪にまとめた物干し綱が一条、イチジク・シロップ入りの瓶が二ダース入ったボール箱が一箱。そのシュールな風情は、ウィンドーのガラスに糊で貼り付けた印刷の告示にも一掃されなかった。「服、買います」

「おはよう、ブラザー」

パーブライトは振り向いた。黒服の痩せた男性が自転車をよろよろと漕ぎながら、道路の先から近づいてきた。

「こんにちは。ミスター・リーパー」

自転車の相手は聖職者用カラーをしているが、見るからにとても若い。彼は自転車から降り、中途半端な笑みを浮かべてそわそわと頷きながら、挨拶の間違いを認めた。まだ何か言いたそうだったが、何も言わずにハンドルを握って前輪を見つめている。

「いい天気だね」そう言って、パーブライトはまた歩き始めた。

「そうですね。じゃあ、まだ何軒か寄るところがあるので」

牧師は身体をかがめてペダルを踏み、走り去ったかと思うと、あっという間に姿が見えなくなった。寄るところがあるというのは本当だろうか、とパーブライトは思った。リーパー師の担当教区はイーストゲイト地区だ。そこの陪餐者が、よその教区にいるわけはない。「息抜きに来たのだろう」というのがパーブライトの結論だった。

さらに数分歩くと歩道が一部広くなり、その先に四階建ての建物が一軒だけ建っている。高い手すりの付いた上がり段が三段あり、石造りの柱廊玄関《ポルチコ》の奥にある両開きの扉は開いていた。そこは、フラックスバラ・ラディカル・クラブだった。いや、以前はそうだった。上がり段の脇の小さな囲い地にあるバラの茂みから、かつて、自由党のミスター・グラッドストンがバラを一枝切ったと伝えられていた。

扉を入ってすぐに、入居している会社の一覧表があった。パーブライトはストーンチという名前か結婚相談所関連の会社はないか探したが、見つからなかった。その時ふと、石敷の玄関ホールの突き当たりにある照明看板に目が留まった。戸口の上に掛かっているその看板には、ピンク色の地の上に鮮やかな緑色のゴシック体で、単語が二つ書かれていた。

「ハンドクラスプ・ハウス」

第五章

パーブライトはドアを押し開いた。中に入ると、そこは四角い小さな部屋で、一面に濃い灰色の絨毯が敷かれていた。壁紙はピンクがかった薄い灰色で、粗い麻布のような材質だ。天井からは、シンプルな白い電球が下がっている。家具は、薄茶色のプラスチック製の椅子が三脚あるだけだった。まるで検眼の待合室のようだ——特徴がなく、控えめで。

部屋の奥にはさらにドアが二つ、はす向かいに並んでいた。それぞれのドアの中央で、小さなオレンジ色の明かりが輝いている。パーブライトは右手のドアに近寄った。もう一方のドアと同じように、貼り紙がしてある。

この明かりが点いている時は、ミスター・ドナルド・ストーンチがいつでも、お悩みをもつ男性の方のご相談にのるべく控えております。どうぞそのままお気軽に、部屋にお入りください。

パーブライトはもう一つのドアまで行き、また貼り紙を読んだ。

この明かりが点いている時は、ミセス・シルヴィア・ストーンチが、女性の方々に無料で友人としてのアドバイスを差し上げております。ノックは不要です。お入りいただいて、お気軽におしゃべりをなさってください。

利口だな。パーブライトは思った。「ご婦人」と「殿方」というだけの貼り紙では意味を取り違えられそうだし、だからといって、自分ならば、いい文章は思いつかなかっただろう。

こういうことなら、まずはドナルドと話したほうがいいに違いない。彼は右側のドアを開けて、中に入った。

温かみに欠ける待合室との差は驚くほどだった。

オーク製の長椅子にはクッションが幾つも無造作に置かれ、その後ろの高いフロアスタンドの光に照らされて、部屋はまるでイギリスの家庭喜劇の舞台装置のようだった。コーヒーテーブルを挟んで肘掛け椅子が二脚。その前のガラス張りの暖炉では、電気ヒーターでまがい物の残り火が真っ赤に輝いている。サイドボードの上には、グラスとデカンター、樽形の小さなビスケット容器、ディナー・ゴングのミニチュア。片方の肘掛け椅子のかたわらにはふたの開いた裁縫道具かごが、もう片方の近くにはイグサの足置きが置かれていた。部屋を見回しているあいだに、灰皿の中のパイプや幾つか転がっているヘア・カーラー、ヌード写真のページが開かれた雑誌も、パーブライトの目に入っていた。部屋には花と洗いたての洗濯物の香りに加えて、ほのかに……パーブライトは香りを嗅いだ——そうだ、焼きたてのパンの香り——も漂っていた。

利口だな。彼は、またしてもそう思った。実に利口だ。あの多才な「レックス」でも、ストーンチ夫妻の洞察力と創意工夫には多少は感服したに違いない。

「どうぞお座りください。ミスター……えーと」

パーブライトは声のほうを振り向いた。

暖炉の向こうのドアから、青みがかった灰色の髪の女性が部屋に入って来ていた。髪は上手にウェーブがかけられ、つややかだ。首と手首のまわりは、かなりの数の宝石類できらめいている。鋭くて用心深い目つきをしていた。

「パーブライトです」と彼が補った。「警察の警部です」

笑みが一瞬薄れ、彼女は口をとがらせた。几帳面に塗られてはいるがやたらに濃い口紅が、際立って目に付いた。だが次の瞬間、彼女は事務的な気遣いの表情に戻っていた。

彼女は椅子に座り、相手の刑事の態度を見定めるのに良さそうな軽い冗談を言った。

「お客さまとしていらしたのではないんですよね」

パーブライトは微笑み返した。「実は違います」

「そうだと思いました。結婚なさっているようには見えないので。それって一番確かなサインなんですよ。あなたには奥さまがいらして、奥さまにとても満足していらっしゃるという」

「そう言われたと、家内に伝えましょう」

パーブライトは座っている彼女を前にして、その服の仕立ての良さに気がついた。脚は細く、引き締まって見えた。

「ミセス・ストーンチでいらっしゃいますよね？」

彼女が頷いた。

「私は、逆に思っていました」——パーブライトは、自分が入ってきたドアを指差した——「この部屋には、ミスター・ストーンチがいらっしゃるものだと」

「商売上の、ちょっとした策略です。夫は本当にいるんですよ。でも、結婚相談所に関して言えば、ドナルドの件は作り話です。顧客はすべて、私が会って話をします。ただ、男の方は、相手が男性だと思うと最初の一歩を踏み出しやすいようなので。踏み出しさえすれば緊張がほぐれて、私にも喜んで悩みを打ち明けてくださいます」

「それでは、ご主人はお仕事に関与していないんですね？」

「この仕事にですか？　もちろんです。自分の仕事で手一杯ですから。いずれにせよ、ドナルドはこの仕事に賛成ではないと思います。結婚相談所に対しては、イギリス中流階級の昔からの考え方のままなんです。ものすごく体裁が悪いと思っていて」

「だが、イギリスだけですよね。紹介してもらうことの重要性がこれほど言われている国は。あなたのお仕事は、まさにそれですよね？　つまり、紹介をすること」

ミセス・ストーンチは両手を広げて言った。「そのとおりです！」彼女の微笑みには、パーブライトは何と物分かりがいいのだろうと感心した様子が窺われた。「でも、そう言ってみたところでね、建築家に！」彼女は最後の言葉を低い声で茶化すように、重々しく言った。

「建築家？」

「ドナルドのことです。実際には建築コンサルタントですけど。次に刑務所の監房を建て直すとか何かの時は、ドナルドにご用命ください。前に刑務所の一画を請け負ったんです」

「差し当たってお願いしたいのは、ご主人のではなく、あなたのご協力です。ミセス・ストーンチ」

彼女は身を乗り出して言った。「もちろんいいですとも」

「実は二人の女性の――ふたりともフラックス・バラの住人で、というか最近まで住んでいたんですが――行方を調べているんです。一人は未亡人で、もう一人は未婚の女性です。ふたりとも、こちらの相談所に連絡をしてきた可能性があると考えています。おそらくこの六カ月かそこらのあいだに」

「つまり、そのおふたりは行方不明なんですか？」

「実は、そうなんです。親戚の方たちが心配していまして。どなたも、それぞれが家を離れた理由に心当たりがないんです」

ミセス・ストーンチはコーヒーテーブルの上のメモ用紙に手を伸ばした。「おふたりのお名前を教えていただけますか」

「ミセス・リリアン・バニスターと――この方が未亡人のほうです。言うまでもないですね――もう一人は、マーサ・レキットです」彼は身を前にかがめて、写真を二枚、テーブルに置いた。ミセス・ストーンチは名前を書き終えてから、写真を取り上げた。

彼女がパーブライトの顔を見て言った。「六カ月ほど前なんですね？」

「ミセス・バニスターのほうは、ちょうど四カ月前です」

彼女は怪訝な顔をした。「どうして『ちょうど』なんですの？」

「彼女があなた宛に振り出した二十ギニーの小切手の日付が、そうだからです」

「私に会いにいらしたのは、その小切手をご覧になったからなんですか？」

「実際には、小切手帳の控えを見たからです。現時点では我々には、その小切手があなたに届いているかどうか分かっていません」

「小切手なら受け取っています」ミセス・ストーンチの愛想の良さが、幾らか消えたように見えた。

彼女は落ち着いて注意深くこう言った。「ミセス・バニスターは登録料を支払って、数週間、うちの相談所のサービスを利用なさいました。もう一人の女性も確かに顧客でした。今すぐ記録を見てみます。問題は……」彼女は言葉を切った。

考え込みながら、彼女は暗褐色のマニキュアが塗られた長い爪で片方の写真の端のしわを伸ばしていた。

「話が先走ってなんですが、あなたは、おふたりの身に何かが起こったとお思いなんですね。それで——当然ながら——何らかの犯罪がからんでいると推測なさった。そして次に、おふたりは彼またいは彼らにこの相談所を介して出会ったのかもしれない、という考えが浮かんだ。そういうことですか？」

「私は、そこまでは——」

「ざっくばらんにお話しになったらいかが？　私はそうするつもりですが」

「分かりました。経緯の大筋は、そのとおりです」

彼女が頷いた。「では、こういう相談所の運営方法について申し上げておきます。お気づきではないと思いますが難しい点があることを、ご理解いただきたいんです。

第一に、いらっしゃる方たちがここではすべて極秘扱いだと思えることが、とても大事なんです。そのためには、ある一定の手続きを踏まざるを得ません。何というか、幼稚で大げさだと思われそうな手続きですが。夫は、あきれかえっています。まるで失恋者のためのＭＩ５（軍情報部第五課。国内および英連邦担当）だと。夫には理解できないんです。実際に手助けができるまで、孤独な人たちを鳥かごに入れておくような真似をすることが。でも、皆さんは安全を一番に望んでいるんです。そして、安全とは、秘密が守られることなんです。

では、どなたかが来社したとしますね。たとえば、ミセス・バニスターが。私は、彼女が自分について話すすべてを一覧表に記載します。年齢、趣味、好み、どのような男性を素敵だと思うか――」

「経済力もですか?」パーブライトが口を挟んだ。

ミセス・ストーンチは肩をすくめた。「必要なようでしたら、記載します。とにかく、そういうことすべてが当社の記録に登録され、彼女には番号が割り当てられます。その番号を使うことで彼女は、この人とならば幸せになれると思った相手に身元を明かす決心をするまでは、ずっと匿名でいられます。次に、私が男性の登録者のファイルから、ミセス・バニスターに――気性や経歴などの面で――合いそうな相手を数人選びます。この作業では言うまでもなく、心理学者としての素質が少し必要になります。正反対な相手が最適だったというケースが多々あることも、覚えておかねばなりません。

彼女に相手の男性たちの情報を知らせたあとは――名前ではなく、番号ですからね――誰宛に文通を求める手紙を書こうが、それは彼女次第です。手紙はすべてこのオフィス宛で、それを転送するか取りに来るかは顧客の希望によります。ですから、私でさえ誰が誰に手紙を書いているのか知りません。現に、私の気づかないうちに結婚する方たちもいます。でも、大部分の方は、良い知らせは私に知らせずにはいられないようです。心打たれる手紙を頂戴したこともあります」

ミセス・ストーンチは、しばし黙って、当時を思い起こしているようだった。やがて、パーブライトが勧めた紙巻きタバコを受け取り、話を続けた。

「もちろん、ミセス・バニスターには、いわゆるダブルチャンスがあります。『候補者』リストをもらえるうえに、彼女に興味をもちそうだと私が判断した男性たちに、自分の番号と詳細な情報を伝えてもらえるのですから。そして、彼女に興味をもった男性がいた場合は、その方たちの手紙が当社を通じて彼女のもとに届きます。ただし、手紙が来たからといって彼女に何か義務が生じることはありません」

パーブライトは、しばらく考えてから言った。「必要な仕事が多そうですね。あなたのお仕事という意味ですが」彼は、そのあとにこう付け加えるのは控えた。「二十ギニーの射撃代にしては、獲物はかなり大きいですね」

彼女は下を向いて、スカートの裾を調べながら言った。「とてもやりがいのある仕事です。本当にそうなんですよ」

「あなたがおっしゃった難しい点というのが分かってきました」

「捜査の難しさがですか？」

「はい。思ったよりもはるかに捜査範囲が広いわけですね。何も知らないとは呑気なもので、私は、たった一人、特定の人を紹介なさるのだと思っていました。こちらに来れば、その人の名前と住所を教えていただけるものだと」

「人生は単純ではありませんわ、ミスター・パーブライト」

「そのとおりですな、ミセス・ストーンチ。世は様々って言いますからね」

彼女は一瞬パーブライトに鋭い視線を向けたが、顔は全く無表情だった。

「よろしければ」と、彼女は立ち上がりながら言った。「私のオフィスにいらっしゃいませんか。できるだけお役に立ちたいと存じます。それに、もしおふたりに何らかの危害が及んだのであれば――」

「状況から見て、その可能性は高いと思われます」

「でしたら、もちろん、こちらもできるだけのことはいたします。もしも」――彼女はドアに向かう途中で足を止めた――「お話しする内容はどれも極秘中の極秘であることをご理解いただけるのであれば」

相手の言葉の意味を測りかねながらもパーブライトは重々しく頷いて、彼女のあとに従った。

オフィスはとても小さな部屋で、壁には淡黄色の水性塗料が塗られていた。木製の仕事用テーブルの上には、タイプライター、手紙入れのかご、手動複写機が置かれている。一ダースほどの未開封の手紙が、壁のボードにピンで留めた平紐の後ろに押し込まれていた。

ミセス・ストーンチは、部屋の隅にある金属製のファイリング・キャビネットの引き出しを開けた。フォルダーを一冊取り出し、先刻メモした紙を見てから、また引き出しの中をしばらく探したあとで二冊目のフォルダーを取り出した。

彼女はそれぞれのフォルダーから申込書を抜いて、テーブルのパーブライトの前に置いた。

「これです。ミス・レキットとミセス・バニスター。思ったとおり、おふたりともまだ記録がありました」彼女は、手書きの記載事項を指差した。「ご自身で記入されています。ここに、このとおり……年齢、住所、何をするのが好きか、ほかにもいろいろ細々したことが……」彼女は顔を上げた。

「お役に立つでしょうか?」

パーブライトはマーサ・レキットのしっかりした綺麗な左傾文字に一通り目を通してから、未亡人の心許ない文字を読んだ。細長い文字でぎこちなく、時々綴りの間違いもあった。

マーサは、きちんとした敬虔な家の出だと書いていた。家族はみな亡くなって身寄りはいないが、誠実で気の合う相手と巡り会えたら所帯をもてるだけの財産は、残してもらっている。福祉事業に関心があり、田舎に住みたいと考えていて、教区の仕事にとても興味がある。趣味は刺繍と読書で、動物が好き（現在の状況では残念ながら、ペットは飼えない）。時折、日曜学校のクラスに参加している。だいたい何につけても寛容だが、お酒を飲む男性は感心できない。喫煙は――少なくともパイプ喫煙は――とがめだてしないが、自分自身は喫煙を好まない。周囲からは、料理上手で、まあまあ美人だと言われてきた。少し喘息の傾向があるほかは、至って健康。

ミセス・バニスターは家族に関しては、夫を最近亡くしたばかりだが「あれほどの人はなかなかいない」と義理堅く言及したほかには、何も触れていなかった。慰めはテレビ、特にドラマ。そして、家を素敵に保つこと。素敵と言えば体型もそうで、機会があればもう一度ダンス用のドレス姿の自分を見たい。今でも素敵だろうと思う。よく読書をし、何しろ本が大好きで、どちらかというと物静かなほう。けれども、どうしても叶えたい夢はニワトリを飼うことで、田舎のコテージに引っ越すためなら、素敵な我が家をすぐにでも売り払う。好きな男性は、思いやりがあって、おおらかで、そして、教養がある人――彼女は、教養がある人を特に称賛していた。

読み終えたパーブライトは申込書を置き、それを黙って眺めていた。不安と寂しさの葛藤ほど悲しいものはない。それは同時に、非常に危険でもある。

「ミセス・ストーンチ、世間にはこういう相談所を悪用する連中がいる可能性はありませんか？　現に、どう見ても自ら災難を招いている女性が二人います」

「おふたりが財産について書いていているからですか？」

「そうです」

「ああ、でもその類いの事柄は私が参考にするだけで、あくまでも極秘です。紹介相手に伝えることは決してありません」

「だが文通が始まれば、女性たちが自分から詳細を話さないとも限りません」

「確かにそうですね。でも、皆さん、子どもではありませんから。皆さんを先々ずっと守ることなど、私にも、ほかの誰にもできはしません。皆さんだって、私に期待してはいないでしょう。むしろ、私の責任は顧客が連絡を取り合う便宜を図るまでだと――もちろん、秘密厳守のもとでですよ――そう明言しても、自分が理不尽だとは思いません。その後どんな交友関係を結ぶかは、あくまでもご自身の問題です。何か間違っているでしょうか?」

パーブライトは悟った。ミセス・ストーンチは、その気になれば弁舌を振るうことができるのだ。批判されていると感じたら、またそうなるだろう。「いいえ」と彼は穏やかに答えた。「そのとおりだと思います」

どうやら機嫌が直ったようで、彼女は相手の次の言葉を待っていた。

「つまり、こういうことですよね」しばらくして、パーブライトが口を開いた。「あなたはミス・レキットとその後ミセス・バニスターに、当時の顧客から合いそうだと思った男性のリストを渡した。それぞれのリストは項目に分かれており、各項目には個々の男性に関する説明とその男性のコード番号が記されていた。その番号を手がかりに男性の名前と住所は分かるが、それは本人とあなたしか知らなかった。ところで、コード番号はすべて三桁なんですね?」

ミセス・ストーンチは頷いた。「男性は偶数、女性は奇数です」

「分かりました。知らないが故にあなたが私に話せないことは、どの男性がミス・レキットやミセス・バニスターと連絡を取り合っていたかという点ですね」

「そうですね」

「でしたら、ミス・レキットとミセス・バニスターに渡したリストの記録はありますか？　とにかく私が知りたいのは、二人の女性に選択権があった男性たちの名前です。記録があれば、私の仕事が途方もなく簡単になるので」

初めて、ミセス・ストーンチがうろたえた様子を見せた。

「記録ですか？　いいえ、その種の記録はありません。万が一にも顧客に迷惑がかかってはいけないので。信用に関わりますから」

「おそらく殺人に関わりますよ」

「現時点では、そうと決まってはいませんよね」

「だが、可能性はありますよね。職業上のエチケットよりも、間違いなく、ずっと深刻な問題です」

「その言葉は軽すぎますわ、言わせていただけるなら。来社される方たちへの約束は、単なるエチケットではありません」

「そうですね。失礼しました――」

彼女は手を上げて制し、一瞬、考え込んだ。

「状況を考えれば、何とかしてとお思いになるのも無理はありませんね。ええと――捜索令状か何か、お取りになるとか？」

「大ごとになるのもどうかと」

またしばらく思案したあとで、彼女が言った。「そうだわ――お話ししたように、そのリストの記録はありません。でも、こうしようと思います。今晩にでもすぐにファイルを精査して、ミセス・バニスターに送ったリストをもう一度作成してみます。自分のやり方は分かっていますから、同じことを二度できないわけがありません」

「ミス・レキットのほうは？」

「そちらはできません。時間が経ち過ぎました。二カ月前にファイルをかなり整理したので、ない記録が多いですから」

「朝のうちに、誰かをよこしましょうか？」

ミセス・ストーンチは微笑んだ。「差し支えなければ、もう少し時間をいただきたいのですが。できるだけ早くお届けするようにします」

彼女は、ハンドクラスプ・ハウスのたくさんあるドアの別の一つから、パーブライトを送り出した。それは裏の路地に出るドアだった。表は暗くなり始めていた。子どもを連れた通りがかりの女性が、彼を胡散臭そうに睨みつけた。

第六章

翌日の午前中にミセス・ストーンチは警察署を訪ね、「極秘」とスタンプを押した白いフールス・キャップ判（印刷用紙の判。かつては道化師帽の透かし模様が付いていた）の封筒を、パーブライト警部にじかに手渡してほしいと受付当番の巡査部長にことづけた。

　その後、彼女は繁華街を抜けてノースゲイトへ車を走らせ、ラディカル・クラブの手すりの脇に車を停めた。ほっそりした快活そうな年齢不明の女性がクラブの手すり付きの屋上をじっと見上げているのが目に入ったが、特に注意は払わなかった。女性は観光客や聖歌の歌い手のように、開いた本を胸の前に持っていた。本当だこと。ミス・ティータイムは心の中でつぶやいていた。とても、とても美しい。本当に。

　ようやくミス・ティータイムは本を閉じて、踏み段を上った。玄関ホールの突き当たりの照明看板に気づき、待合室のドアをそっとノックして中に入った。二枚の招待の貼り紙を読んでから、彼女は左側の招待に応じた。

　彼女が入った部屋は、パーブライト警部が入った面談室とは微妙に異なっていた。

　その部屋のほうが狭く、田舎家の居間ふうなしつらえだった。花柄の壁紙にウェルシュ・ドレッサー（上部は扉のない奥行きの浅い棚で、下に引き出しや仕切りのある食器戸棚）。カバーの掛かった一組の小さな肘掛け椅子は、ピンク色の薄葉紙《うすようし》に並べて松かさが飾られた石積みの暖炉のかたわらで、まるで両手でスカートをつまんで深々とお辞儀をしているように見えた。銅製のウォーミング・パン（かつて石炭または熱湯を入れて使用した長柄付きのベッド温め器）が一つ、壁で輝いている。地味めのカーテンが掛かった低い窓の前にはヒヤシンスの陶製の植木鉢が置かれ、部屋中に漂うその花の香りには、包みから出したばかりの刻みタバコの香りがかすかに混じっていた。その香りの組み合わせを楽しんでいたミス・ティータイムは、ふと、履き古した革製のスリッパが暖炉の真鍮製の低い炉格子に不用意に立てかけられているのに気がついた。

ミセス・ストーンチが部屋に入ってきた。宝石類がすっかり隠れるように、服の上から淡黄褐色のリネンの部屋着を羽織っていた。彼女が手を差し出した。

「シルヴィア・ストーンチです」

ミス・ティータイムはそれを聞いて、とても嬉しそうに見えた。彼女はハンドバッグと旅行案内書を握りしめ、軽く会釈した。彼女の顔に浮かんだ微笑みは、一つには気さくな性質に、一つには「おはようございます、ミセス・ターニケット《止血帯》！」と言いたい突然の衝動によるものだった（「staunch［ストーンチ］」には「止血する」という意味がある）。

ふたりは、向かい合って肘掛け椅子に腰を下ろした。

「お訪ねいただいたということは」と、ミセス・ストーンチが柔らかなアルトで話を始めた。「私たちのお仲間になることをご検討中なのでしょうか？」

「実はですね」ミス・ティータイムは例のスリッパを見つめながら答えた。「たまたま、こちらの広告を拝見して、ちょっとお話をしに伺っても差し支えないかと思いまして」

ミセス・ストーンチは、にこやかに微笑んだ。「もちろんですとも。どうぞ、なんなりとご質問なさってください」

「フラックス・バラには、まだ着いたばかりですの。でも、とっても素敵な町ですわね。本当にそう思います。もちろん、ロンドンは長年住み慣れた街ですが、何一つ不足がないわけではなく……」

「大都会は、とても寂しい場所でもありますからね」

「そうなんです。それにここ数年、ロンドンは何だか怖くなってきて。人も車も大忙しで、混雑はひどいし……立ち止まってゆっくり眺めてもいられないって、みんなも言っています」

「生粋のロンドンっ子でいらっしゃるんですか、ミス……」ミセス・ストーンチはすでに、顧客になりそうな相手の左手を盗み見ていた。

「ティータイム。ルシーラ・ティータイムです。いいえ、実を言うと、生まれはリンカンシャーなんですの。ケスター地区にはティータイムという名前が、わりとあるんですよ。たぶん今回も、そこの生まれだから、田舎に住みたいという気持ちに駆られたんでしょうね。ですから、もちろん海も好きです。フラックス・バラは海の香りがしませんか?」

「ここの川は海の潮の影響を受けるんです」

「海の潮の?　まあ、素敵ですね」

「ドックも幾つかあるんですよ」

「私、ドックも大好きです。まだないんですけれどね」彼女は夢見心地の様子で、あとを続けた。

「ドック《被告席》に立ったことは」

ミセス・ストーンチは、その語呂合わせは少し突飛だと思ったものの、とにかく笑みを浮かべた。

「それで私たちのこの小さな町においでになり、冒険を共にできる方がいるといいなと思われた。そういうことでしょうか？」

「まさしく、おっしゃるとおりですわ。真の道案内人であり慰め手」ミス・ティータイムは目を輝かせた。「それこそが私には必要なのでしょう」

「いいえ冗談抜きで、あなたのお考えは間違っていないと思います。新しい環境に順応するのがいかに難しいか、よく分かります。いつだって頭は一つよりも二つあったほうがいいですよね」

「そうですね、同じ首の上に載っているのでなければね」ミス・ティータイムは言わなければよかったと思ったが、手遅れだった。彼女は急いで付け加えた。「よく叔父がそう言っていました。叔父は、ひょうきん者でしてね。教会の司祭だったんです」

「ともかく」と、ミセス・ストーンチは話を進めた。「いちおう申し上げておきますが、決して、いらした方が誰でも登録できるわけではありません。私どもは入念に選んでいまして、二つの点を重視しています。育ちの良さ、そして、誠実さです」

「それは賢明ですこと」ミス・ティータイムが同調した。

「私どもは、身元保証人は求めません。私は人間性を見る目は確かだと自負しています。個人的印象は、どんな身元保証人よりも私にとっては重要です。印象は、たくさんの些細な事柄によって形成されますからね。入会金を例にとりますと――」

「はい、どうぞ」と、ミス・ティータイムが言った。

「入会金を例にとりますと」ミセス・ストーンチは、きっぱりした口調で繰り返した。「紹介するだけで二十ギニーは、少し高いと思われる方もいるでしょう。でも、育ちの良い方や誠実な方は、高額な入会金は自分の安全保護のために必要なのだと、すぐに理解してくださるはずです。詐欺師や」

——彼女の脳裏にパーブライトの言葉が蘇った——「悪用する人たちに対する一種の防護柵のために必要だと。高額な入会金は、誠実さを試す手段でもあります。本当に相手を探すつもりがあれば、その道のりにかかる費用を尋ねたりはしません」

あなたはその実、安い夜行便の飛行機を飛ばしてはいないでしょうね、とミス・ティータイムは尋ねたかった。しかし、そうはせずに重々しく頷き、ハンドバッグの中を覗き見た。大丈夫、小切手帳は茶色の薄い箱の後ろに入っている。

ミセス・ストーンチは立ち上がって、マホガニーの小さなテーブルをミス・ティータイムの椅子のそばに移動させた。「それでは少々、申込用紙への簡単なご記入をお願いいたします」と、ミセス・ストーンチは、おどけたように予告した。「近頃は、何でも用紙に記入しろと言われますね」彼女はウェルシュ・ドレッサーの引き出しまで行き、フールス・キャップ判の紙を一枚持って戻ってきた。

「あらまあ、申込用紙は大の苦手で」と、ミス・ティータイムは嘆いた。「株屋に言われるんですよ。もっと注意しないと刑務所に入る羽目になるって」

「ともかく、時間がかかっても結構ですから。私はオフィスで二、三することがありますので、ご記入なさっていてください。ああ、それから……」ミセス・ストーンチは身をかがめて、用紙の質問の一つを指差した。「財産に関するこの箇所は極秘扱いですので、ご心配なく。お相手を選ぶ目安にさせていただくだけなので」

彼女が部屋をあとにした時、ミス・ティータイムはペンを噛みながら、ルードー（双六に似たボードゲーム）をする特別許可がおりた修道女のごとく心を踊らせているように見えた。

一分が過ぎた。ミス・ティータイムはドアに目をやり、聞き耳を立てた。どこからか、タイプライターを叩く音が断続的に聞こえてくる。彼女は、かたわらのハンドバッグを物欲しそうに見下ろした。いや、だめだ。ミセス・ストーンチにショックを与えたくはない。とはいえ……名案が浮かんだ。彼女は素早く立ち上がり、窓のそばへ行った。窓は造作なく開いた。テーブルと椅子を窓辺に運び、あらためて腰を下ろすと、バッグの中の箱から取り出した黒くて長い両切り葉巻に火をつけた。やがて彼女は注意深くではあったがとても美味しそうに煙を一筋、開いた窓から吐き出し、申込書の記入に取りかかった。

戻ってきたミセス・ストーンチは、ミス・ティータイムが場所を変えたことに気づいて、驚いた様子だった。

「勝手をしてお許しくださいな」ミス・ティータイムが言った。「外の新鮮な空気が好きで、部屋に入った時にほんの少しタバコのにおいがしたようだったので」

「もちろん、構いませんよ」

「こうるさい人間だとお思いでしょうね？」

「そんなことはありません。ああ、ご記入、終わりましたね」

ミス・ティータイムは、おずおずと申込書を差し出した。「これで大丈夫だといいのですけど」

手早く、ミセス・ストーンチは申込書の最後まで目を通した。「これで結構です。あとは会員証ですね」

「それと、小切手ですね」ミス・ティータイムは笑いながらそう言って、小切手を手渡した。

ミセス・ストーンチは小切手を慎重に調べる作業を取り繕うために、申込書にもう一度目をやって、こう言った。「素敵なお名前ですね。ルシーラ・イーディス・キャヴェル・ティータイム。本当に残念ですわ。ミス・347としかご紹介できないなんて！」

あっさりと、と言ってよいのだろうが、結果が出るのは早かった。

三日後の朝、ミス・ティータイムがローバックホテルの食堂で朝食をとっている時だった。フロントの女性が、タイプライターで宛名を打った白い封筒を持ってきた。中にはさらに封筒が入っており、男性が書いたとすぐに分かるしっかりした文字で、「347、ハンドクラスプ・ハウス気付、ノースゲイト、フラックス・バラ」と宛名が書かれていた。

ミス・ティータイムはマーマレードを塗ってトースト三枚は食べ終えていたが、手紙はソーセージ二本とスクランブル・エッグもすべて食べ終えてから読もうと我慢し、開けるのを楽しみに手紙を皿の脇に置いた。食事を終え、彼女は自分でコーヒーのお代わりを注ぎ、手紙の封を切った。

手紙は、とても短かった。

拝啓　ミス・347
話し相手をお探しとのこと、私にお手紙をいただけないでしょうか。私もまた「孤独な人間」なので、同じような方からお手紙をいただけると大変嬉しく思います。年齢も同じぐらいのようですし、好みも共通していそうです。私は生活費の心配のない幸運な境遇にあるので（「有閑階級」というわけではありませんが!!）、時間をもてあましています。ですから、お手紙をどれほど心待ちにしているかご理解いただけるでしょう。
敬具

４１２２（英国海軍退役）

ミス・ティータイムは手紙を二度読み返し、心を決めた様子で嬉しげに広くて白い階段を部屋へと上った時には、頭の中で返事がほぼまとまっていた。

彼女はシクラメンの鉢のそばにある状差しからホテルの便箋を一枚取ったが、その便箋は却下になった。これは、だめ――この段階では住所はなし。彼女は手持ちの薄いセピア色をした耳付き便箋の上部に、ハンドクラスプ・ハウス気付とだけ書いた。

そこから先は流れるように、言葉がすらすらと出てきた。

拝啓　ミスター・４１２２

今朝、お手紙を大変嬉しく頂戴いたしました。早々に転送していただいたおかげで、新しい土地での心細さが和らぎました。

さて、私について何からお話しすればよいでしょう。

私は独身で（どうですか、これで安心なさったでしょう！）、あなたも同様なようですが、時間に縛られてはいません。もちろん退屈な時もありますが、散歩に精を出しています（自然は尽きることのない喜びの源です。そうお思いになりませんか?）。ほかには、未熟ながら執筆をしてみたり（今のところたいしたものは書けていません。悲しいことに！）、単調な、たとえば刺繡のような女性らしいこともしたりしています。

一つちょっとした欠点があることも、お話ししたほうがいいでしょうね。熱中しているんです

――私の銀行預金に被害を及ぼすほど！――骨董店通いに。この点においてフラックス・バラは、すでに私をとりこにしました。

古い物はお好きですか？　派手で安っぽい二流の物に溢れた今の世の中で、古い物は大きな安らぎだと思います。

それに言うまでもなく、現実的で女性らしさに欠けるように聞こえてしまうかもしれませんが、骨董品は最高の投資です。

ほかにお話しすることは？　ああ、ありました。笑われるかもしれませんが、私は海が大好きなのです！　当然、あなたが海軍の方だと気づかないわけがありません。でも、心に秘めた大きな望みについてはお話しできません。お話しすれば、愚かで夢見がちで、実に非現実的な人間だと思われてしまうでしょうから。

敬具
３４７

ミス・ティータイムは、すぐに便箋を折りたたんで封筒に入れた。投函する前に手紙を読み返したことは一度もなかった。長年そうやってきたので自信もあったが、読み返せば文章を飾り立てたり追加したりする結果になり、計算された感が否めないと分かっていた。それでは何の役にも立たない。自然な発露が一番だ。彼女はつくづくそう思いながら、封筒の折り返しを上品に舌先でなめた。

彼女は文学的発想力の刺激剤として火をつけた両切り葉巻を吸い終わるまで、部屋にいた。やがてコートを羽織り、探検家やハンターにとってのいわゆる用具の新作発表の時期に買った三つの帽子の一つをかぶってから、手紙をポケットに入れた。手紙は自分で届けたほうが時間の節約になる。いずれにせよ散歩には良い日和《ひより》だし、行ってみるべき魅力的な古い宿屋《イン》がフラックス・バラにはたくさんある。


同じ頃、まるで種類の異なる巡回計画がパーブライト警部によって立てられようとしていた。

彼の目の前の机には、ミセス・ストーンチが作成したリストが置かれていた。五人分の番号と名前と住所が、結婚の見通しに関わるとみられる個人データとともに記載されている。

「ジョウゼフ・キャッパーについて何か知っているかい？　シッド」

立って窓の外を眺めていたラブ巡査部長が、突如振り返った。

「ジョー・キャッパーですか、ボーリー・クロスにいる？」

「そうだ。ホーム・ファームの」

「やれやれ、何てずるいやつなんだ！　もう相手はいるんですよ」

「結婚しているっていうことか？」

「もう何年にもなります。彼は母屋に住んでいて、奥さんは離れ屋で暮らしてますがね」

「友好協定のようだね」

「いいえ、協定は、なされてません。たまたま今はジョーが勝ってるだけで、半年前は母屋には奥さんがいて、ジョーは納屋で暮らしてました。お互いに相手を追い出す算段をしてるんです。抜きつ抜かれつの持久戦てとこですね」

「それじゃあ、彼は一体全体、結婚相談所をからかって何をしようっていうんだろう？」

ラブは肩をすくめた。「援軍が欲しいんじゃないですか」

パーブライトはリストを読み上げた。「『312、ジョウゼフ・キャッパー、ホーム・ファーム、ボーリー・クロス……出無精だが無愛想ではない。広い土地の地主で、しっかり自分の考えをもっており、もう苦労はたくさんだという女性と一緒に暮らしたいと思っている……』」

「確かにね」ラブが言った。

「『趣味はワイン作りと銃猟……』」

「趣味って、リストに書いてあるんですか?」ラブは、信じられないという顔つきだった。

「そうだ。だが気にするな。彼は我々が追ってる男ではないよ。会いには行くがね、念のために。しかし、誰がミス・レキットとミセス・バニスターに近づいたにしろ、ミスター・キャッパーよりも時間は使っているはずだ。

さてと、次は誰かな……316、ウィリアム・C・シングルトン、バイロン街十四番地……知ってるかい?」

ラブは首を横に振った。

「水道技師だったようだ。ユーモアのセンスがあって……家回りのことが器用で……綺麗な庭を一緒に楽しんでくれる思いやりのある女性を望んでいて……」パーブライトが顔を上げた。「きみは、この男のところへ行ってくれ」

ラブは住所を書き写した。

「324番」パーブライトが次を読み始めた。「苗字はプルーム、名前がジョージ。プロスペクト・ハウス、ビール・ストリート……」

「その男性は、除外していいです」

「そうなのか？」

「亡くなっています」

「それじゃあ、ちょっと会えないな。だがどうして、選ばれたんだろう？」

「葬儀の記事によると、九十四歳でした」

今度はパーブライトが、信じられないという顔つきになった。彼はまた、リストの説明に目をやった。「『……三カ月前に連れ合いを亡くした。現役の養蜂家でタンデム自転車の熱烈な愛好家。活発な女性との交際を望んでおり……』」

「ジョージらしいですね」ラブが言った。「かくしゃくとした老紳士でした」

パーブライトはミスター・プルームの項目に鉛筆で告別の線を一筋入れて溜息をつき、先に進んだ。「『362、レナード・ヘンリー・ラスク、旧牧師館、カークビー・ウィローズ……』。牧師館だそうだよ、シッド」

ラブは、ぽかんとした顔をしていた。

「カフェの女性だよ。きみの話だと、彼女はマーサ・レキットの連れの男は牧師みたいだったと言ったそうじゃないか」

「彼女は外国人でしたから」

「牧師館というのが、ひっかからないか？」

「最近は変わったので。いろんな人が住んでますからね」

「それじゃ、これはどうだい――『小説で成功するのを待つあいだ、人生という本の空白のページを埋めてくれる人に巡り会いたい……』」

「それって、そのとおりに書いてあるんですか」

「そうなんだよね。結婚相談所の標準語なんじゃないのか。ミスター・ラスクについては、こんなふうに書いてある。『無口だが快活、ずっとスポーツに打ち込んできたので極めて健康』。これがどういうことか分かるね」

「警部がお会いになりますか？　それとも私が行きましょうか？」ラブは、念入りに憂鬱な顔つきをして付け加えた。「カークビー・ウィローズへ行くバスの便は少ないんですよね」

「いいよ。私が行ってこよう。だがそうなると、この最後の男は、きみに頼むな。住所はレスター・アベニュー。苗字はローリー。コード番号は３８６。ところで、レスター・アベニューにあるのは公営住宅じゃなかったか？」

ラブは、そうだと答えた。

「それじゃあ、この男は違うだろうな。詐欺師と会社の重役の数多い共通点の一つが、住所を気にすることだ」

ラブが手帳に二人目について記入しているあいだ、パーブライトは椅子の背にもたれて、リストにあらためて目を通した。

「どうも、これを見ていると」パーブライトがようやく口を開いた。「ミセス・ストーンチは有力情報の調剤師なわけで、望ましい情報にしている気がする。ところで、何を探せばいいか分かってるだろうな。筆跡のサンプルは別にして」

ラブは直立不動のまま、左のほうをじっと見ていた。明るいピンク色の少年っぽい顔に、かすかながら不満の色が浮かんでいる。繰り返し稽古をさせられている生徒の顔のようだった。彼は片手でもう一方の手の指を折って、数え始めた。

「話がうまくて……」

パーブライトが頷いた。

「……女性の扱い方を心得ていそうな男」

パーブライトが、また頷いた——感心したらしく、片方の眉が穏やかに上がっていた。

「どことなく牧師のような雰囲気の男かもしれませんね……金髪で——染めていなければですが……」

パーブライトは、ほめているかのように口をすぼめた。

「……そして、遺体を隠すか処分する場所をもっている」犯人像のこの最後の条件は、特別手当を発表して社員を驚かせようとする社長のような風情で告げられた。

パーブライトは満足そうに机の端を叩いた。「遺体か」パーブライトが繰り返した。「そうだな。この件全体に今一つ現実味がないのは、遺体が見つかっていないからだ。ふたりの女性が男といつもどこで会っていたかが分かりさえすれば、助かるんだが。『ふたりの木』……」パーブライトは最後の言葉を半ば独り言のように言った。

ラブは、その言葉からふと思い当たった。

「レスター・アベニューには並木があります」ラブが得意そうに告げた。

「そうだな!」パーブライトは目を丸くして言った。

彼は部下思いの人間だった。

第七章

ハエが斑点のようにたかった黄ばんだモスリンと窓枠とのあいだから覗いている小さな片目は充血し、らんらんと輝いていた。その目は、神経質に几帳面によく動いた。疑い深く——銃眼の陰でくるくる動く小銃のように敵意のある目つきだった。

「どなたか、いらっしゃいませんか?」パーブライトは人がいることは承知のうえで、大声で声をかけた(くるくる動いても片目だけでは全体は見渡せない)。

モスリンのカーテンが、さっと閉められた。

パーブライトは後ろを向いてポーチに寄りかかり、庭を見渡した。周囲の建物のどれに、現時点では敗者であるミセス・キャッパーが潜んでいるのだろうか。彼女には、あまり選択肢はなかったはずだ。戸口の一つからは雄牛たちの鳴き声が轟き、別の戸口からは口論もたけなわの三、四十頭の豚の鳴き声が聞こえ、もう一つの戸口では鶏と七面鳥たちが我先にと小屋から出たり入ったりしている。だが、おそらく上の階があるのだろう。優れた策士には役に立つ——。

かんぬきの外れる音が聞こえたので、パーブライトはドアへ向き直った。ドアがわずかに素早く開き、腕がにゅっと出た。次の瞬間、彼がよろめきながら入った先は、ベーコンと灯油のにおいのする薄暗い広い部屋だった。ドアがばたんと閉まり、外の上がり段で何かが壊れる大きな音がした。瓶が割れた音に違いない。

「反対側に回ってくれればよかったんだが」ゆっくりとした、かすかにとがめるような口調だった。

パーブライトには、その声と自分を聖域に素早く引き入れたピストンのような腕が同じ人間のものとは思えなかった。声と腕の主《ぬし》の顔を見たパーブライトは、その目から、相手が先刻すでに会っていた人物だと分かった。

「とりあえず」と、ミスター・キャッパーが言った。

「とりあえず」と、パーブライトも友好的に応じ、キャッパーが顎で示していた椅子に腰を下ろして、ゆっくりと部屋を見回した。田舎の訪問者は名前を名乗るのさえも、こうして落ち着くまでの過程を経てからするものだ。文明化の進んだこういう地区では、入り口での調査、たとえば武器を隠し持っていないか調べるボディーチェックなどで、もてなされることはない。訪問者自身が申し出たほうがいいと思う場合は、申し出ればいい。

「フラックスから来ました」パーブライトが言った。

「それはそれは」

「実は警察の警部で、パーブライトといいます」

「それはどうも」

「どうぞよろしく、ミスター・キャッパー」

「いい天気だね」

「大麦の育ちがよさそうですね。この調子だと、藁《わら》があまり残りませんね」

「あれは、新種でね。穂《ヘッド》がぎっしり実るっていう」

「そういうのがお望みなんですね」

「そうなんだ」

ジョー・キャッパーはこの新しい大麦を食べてきたのだろう。彼もまた、がっしりした大きな頭《ヘッド》の持ち主で、その頭から、髪が上に向かってスパイク状につんつんと生えている。よく熟した顔の色が、充血した目の印象を少なからず和らげていた。体つきは茎のようにとまではいかないが、背が低く、痩せている。厚ぼったいツイードの上着を羽織り、古びた泥まみれの乗馬ズボンとウェリントン・ブーツ（前が膝まである長靴）を履いていた。ウェリントン・ブーツはどれもサイズが大きいために、パーブライトならば、自分の言葉が足元からこだまとなって返ってくるのを罵ったことだろう。

「何か飲むかね？」

「ありがとうございます」

キャッパーは、大きさがバス停の雨よけほどもある木製の食器棚まで行った。食器棚の奥で、「灰色の雌鶏《グレイ・ヘン》」と呼ばれている石製の瓶が六瓶、釉薬のかかった胴部が窓からの光を反射していた。ジョーは、蜂蜜色の液体の入ったタンブラーを手に戻ってきた。

「タチアオイだ」と、彼が告げた。

パーブライトは驚きの色を少しも見せずに、相手の診断を受け入れた。「乾杯！」

「健康を祈って」キャッパーもそう応じて、思い切りよく、ぐいぐいと飲み始めた。

パーブライトも一口飲んだ。蹄が猛烈に熱い馬の一団が、喉を全速力で駆け下った。

「とても美味しいです」
一、二分、居心地の良い沈黙が続いた。パーブライトはもう一度、部屋を見回した。どうしてキャッパーは、留守中に要塞が陥落の危機にさらされることなく、農場での仕事に精を出していられるのだろうか。

窓のほうを見たパーブライトは、前には気づかなかった物に目が留まった。窓の掛け金に結びつけられた紐が、天井の梁のフックに掛けられている。その紐につり下げられ、窓からの風に緩やかに回転しているのは、ねじれた形の磁器製の大きな壺だった。

キャッパーは、客の関心が向いている方向に目をやった。

「家宝なんだよ、あれは」

「そうなんですか？」

「家内がとても気に入ってるんだ」

「そうでしょうとも」

また話がとぎれたが、決してぎこちなくはなかった。パーブライトはグラスを大胆に傾け、悪魔のような雄馬たちが再び喉を疾走してゆくのに耐えた。今回あとから現われた効果は、とても心地良かった。自分が有能で悪賢く思えてきたのだ。

「ところで」と、パーブライトが言った。「陪審員の任務については何かご存じでしょうか？」

「何にも知らんが」キャッパーが答えた。

それは好都合だとパーブライトは思った。「実は」と、彼は続けた。「あなたは来週、四季裁判所（三カ月ごとに開かれ、軽い刑事事件を扱っていた）に招集される予定です。だが、そうなるとお困りではないですか――農場主でいらっしゃるから、という意味ですが」

「そりゃ、困るな」キャッパーは心配そうに、窓と下がっている家宝をちらりと見た。

「でしたら、代わりに奥さまにお願いしたらどうでしょう」

「言うのか、わしが家内に？」

「いいえ、違います。我々が招集をします。あなたは書状で許可をくださるだけで結構です。よろしければ、今いただいていきます」

あっという間に、キャッパーは喜び勇んで濃縮固形飼料の注文用紙の綴りとペンを取り出していた。彼は用紙の一枚を裏返して、しわを伸ばした。

「家内にとって、いい気分転換になるな。きっと気が紛れるよ」

「では、こう書いてください。『私はここに、要請があれば、私の妻』――このあとに奥さまのフルネームを入れてください――『が陪審員の務めを引き受けることを認める』。そのあとに署名をお願いします」

「『認める《オーソライズ》』って、どういう綴りだったかな」

パーブライトは綴りを教えた。ほかにも二、三些細な問題点はあった。だが最終的に書類は、とりあえず読めもしたし、正確だった。

ただ一つ、その書類で明らかに違っていたのは――筆跡だ。ミセス・バニスターの寝室の引き出しにあった三通の手紙とは、筆跡が違っていた。

「申し上げておきますが」パーブライトは幾らか良心がとがめて、紙をポケットにしまいながら言った。「奥さまに要請が行くと決まっているわけではありません。私があなたなら、まだ何も言わずにいます」

「ああ、どっちみち言うつもりはなかったよ」キャッパーが請け合った。「その時は、びっくりさせたいからね」

パーブライトは、タチアオイで丸焼きにされるスリルを再び勧めてくれる相手に、残念で仕方がないという様子で丁重に断わって別れを告げてから、言われたとおり反対側の出口を通って外へ出た。裏口で出入りし始めると、すぐにそれが普通の暮らしになってしまうものだ。


カークビー・ウィローズの旧牧師館は魅力に乏しい後期ヴィクトリア様式の大建築物で、カルミアやシャクナゲが植栽された湿っぽい土地に建てられていた。幾つかの窓にはカーテンがなく、上の階の窓の一つは、割れたガラスの代わりに硬質繊維板で覆われていた。パーブライトが重いリング・ノッカーで扉を叩くと、老人の咳のような籠もった音が響いた。彼は応答をほとんど期待していなかった。


しかし、扉はすぐに開いた。男は三十五歳ぐらいだろうか。顎ひげを生やしている。顎ひげを生やそうと真剣に考えている人々だからこそ許される、伸ばしかけの顎ひげだった。そのうえ、ヘンリー・ラスクはガウンを羽織り、顔には邪魔をされた創作家の不満そうな表情（パーブライトは、そう解釈した）が浮かんでいた。髪は色が薄く、金髪と言ってよかった。

パーブライトは名前と職業は告げたが、用件は言わなかった。まだ決めかねていた。だが警察官は、訪問理由を告げなくても済む。家主の十人中九人は、その段階では彼らを戸口にいさせないことにだけ関心があるのだ。声高な借金の取立て屋や酔っ払った叔母と同じように歓迎してくれるはずである。

「お茶の最中なんだ」ヘンリー・ラスクはそう言って、パーブライトを玄関ホールの左側のドアへ案内した。

木製のキッチンテーブルが、それ以外はほとんど家具のない部屋の真ん中に置かれており、女性がテーブルを前に座っていた。ラスクよりも少し若いだろう。レンズの分厚い黒縁眼鏡越しに、ラスクをじっと見つめている。髪はまっすぐな黒髪で、短く切りそろえられていた。

ラスクは、パーブライトに向かって彼女を指差した。

「私が付き合ってる女性で、名前はジャニス」

ラスクはテーブルの席に戻り、パーブライトの席は適当な場所を自分で見つけるのに任せた。立ちっぱなしが嫌ならば、大きな出窓の脇に横倒しになっている茶箱に座るほかはない。

茶箱に腰を下ろしたパーブライトは、ジャニスの前に茶色い大きなパンの塊があるのに気づいた。ヘンリーが頷くと、彼女は苦労してパンを薄く切り、それをナイフの先に載せて彼に渡した。ヘンリーがそれにバターを塗るのを、彼女はじっと見つめていた。

「シュリンプ」と一言、ヘンリーが言った。

ジャニスは身を乗り出し、目を近づけて四つか五つ並んだ小さな広口瓶を入念に見てから、一つをヘンリーのそばへ滑らせた。ヘンリーはそれを確かめることなく手に取って、中身をえぐり出した。ジャニス自身は、食べ物も飲み物も何一つ口にしなかった。

部屋は、とても寒かった。湿った漆喰のにおいが部屋に立ち込めていた。

「それで、あんたは、何しにきたんだね？」ヘンリーが、口に食べ物を詰め込んだままで言った。顔は皿から上げなかった。

その瞬間パーブライトは、回りくどいやり方も如才ないやり方もすまいと決意した。茶箱は、すこぶる座り心地が悪かった。

「あなたは、ハンドクラスプ・ハウス結婚相談所の顧客ですね」

「以前はね」ヘンリーはためらわず、不安な様子も見せずに答えた。「だが、もう見つけてもらったから」

ジャニスが嬉しそうに顔を赤らめた。

「一人目で？」パーブライトは極力ぶしつけな言い方をした。どうやらうまくいったようだ。

「いや」

「何人目ですか？」

「あんたに何の関係があるか知らないが、あいにく三人目だった。一人目は十年も自分のことを本にのせてくれる人間を探してたんで、次のバスにのせたよ。その次は、下着を脱がずに可愛い子どもを産みたがってる女だった。全く、この国ときたら、中産階級の酔狂な人間だらけだ。軟弱な国になっちまった」

ヘンリーがパンの塊を睨みつけたので、ジャニスは急いで薄く切り始めた。

「前の、えーと、その志願者のどちらかは、名前がレキットではなかったですか？」パーブライトが尋ねた。「あるいは、バニスターとか？」

「サーディン入りトマト」ヘンリーは、しばし考えてから言った。ジャニスは瓶探しに取りかかった。

「また名前か！」ヘンリーは再び口を一杯にするや、大声で言った。「どうして名前を覚えなきゃいけないんだ？　この五十年のあいだに書かれた唯一まともな本には、最初から最後まで名前なんて一つも出てきやしない。名前を付けることへの執着は、文学における去勢の表われだ。僕は作家だよ！

プロの作家なんだ。電話帳の編集者じゃない」

パーブライトは気づいた。ヘンリーの「作家《ライター》」という言葉の発音は、彼の発音全般に見られるヨークシャーのウェスト・ライディングのアクセントの、極めて顕著な例だった。ヘンリーは「作家《ライター》」という言葉の二重母音を、もだえ苦しんでいる羊の鳴き声のように勢いよく吐き出した。

「とにかくですね」パーブライトが言った。「レキットとかバニスターという名前に心当たりがないか、記憶をたどってもらえるとありがたいんですが」

「どっちも、聞いたこともない。そもそも、その人たちは誰なんだ？」

「ふたりはあなたと同じで、その結婚相談所の会員です――というか、会員でした。ミス・マーサ・レキットとミセス・バニスターという人です。ふたりとも、行方不明のようなんです」

「僕には、覚えがないよ」ヘンリーは、白い大きなマグをジャニスに手渡した。彼女は急いで紅茶を注ぎ、彼にマグを戻した。彼は紅茶を一口飲んだあとでマグを差し出し、彼女に砂糖を足させた。そして、紅茶をちびちび飲みながら、皿とジャムの瓶のあいだに立てかけてあった『ニュー・ステイツマン』誌の記事を読み始めた。

「プロの作家でいらっしゃるんですね」

「そうだが」ヘンリーは顔を上げなかった。

「プロだとすると、サンプルでしたら、いただいても構いませんよね」

「えっ、尿の？」

ジャニスが感心したようにクスクスと笑った。

「違います。筆跡を見るのに何か文章を書いていただくつもりでいたんですが、仕方がないので、たとえば、『きつねは、なまけもののいぬを、とびこえました』（タイプの練習などに用いられる最も有名なパングラム［重複を極力さけてアルファベットをすべて使った文］の一部）とでも書いてください」

「あるいは、『せんさくずきなおまわりは、えらそうにきえうせました』とか？」

パーブライトは、そっけなく頷いた。「それでもいいですよ」彼はそう言って、自分の万年筆のキャップを回しながら、ゆっくりとテーブルに近づいた。そして、手帳から破いた白紙のページと万年筆を、ヘンリーの肘の脇に置いた。

ヘンリーは万年筆と用紙をじっと見つめていた。前ほど自信ありげには見えなかった。

「いずれにせよ、どういうつもりなんだ？」

「お決まりの台詞を借りれば、捜査の対象からあなたを除外するためのご協力をお願いしているんです」

「つまり、僕は、何かを疑われてるっていうわけか？」

「たまたま、あなたが似ているんですよ。我々が捜している女性の一人と一緒にいるのを目撃された男に」

「だが、それはあり得ない」

「あなたは女性と付き合わないっていうんですか？」

ヘンリーは腹立たしそうに眉を寄せた。「いいかね、僕は作家《ライター》だよ。もちろん、あんたの言う付き合いとやらはするよ。親しくもなる。充電もすれば、吸収もする。作品を生み出すには養分を供給する必要があるからね。分かるかな？　かまどのようなものだ。いや、違うな——窯《かま》だ。美しい磁器ができるには白熱が必要だ。四六時中、火を焚いて焚いて焚き続けねばならない。人間たちといることでね。あらゆる種類の人間たちと。あんたのように、やれ除外《エリミネイション》だとか、やれ付き合い《アソーシエイション》だとか、そんな細かいことは、どうでもいい。彼らはただ生々しく、あがいていてくれれば、それでいい。世間のはらわたのにおいがしていれば！」

話がとぎれ、その間パーブライトは、「はらわた」という言葉が部屋の冷たい煙突の太い喉にこだましているのが聞こえる気がした。あとで恥じ入りながら自ら認めることになるが、彼は全くの悪意から、次の発言で沈黙を破った。

「ジョン・バカンの冒険小説は本当に面白いですよね？」

息が詰まったような音を立てながら、ヘンリー・ラスクは万年筆をつかみ、その手を宙で止めていた。たっぷり一分間、彼は白紙の紙をじっと見つめていた。顎ひげの中で、口が断続的に小さく動いた。やがて、ついに彼はうめき声を立てて書き始めた。

パーブライトは旧牧師館からだいぶ来たところで、ようやくハンドルから片手を離し、左のポケットから紙を引っ張り出した。そして、ちらりと見下ろして、紙に何と書いてあるかを見た。

一行のその文は、のたくった、子どもじみた文字で書かれており、あまり読みやすいとは言えなかった。

「きつねは、なまけもののいぬを、とびこえました」

第八章

ミス・ティータイムのもとへ、前と同じくしっかりした文字で書かれた二通目の手紙が、外側と中の封筒に納まって届いた。頼もしい男らしさを思わせる手紙だった。

今回も署名は「４１２２（英国海軍退役）」としか書かれていなかったが、内容は分量が多く、ミス・ティータイムは厚かましくも、前回以上に心のこもった手紙だと思った。

拝啓　ミス・３４７

私などの「申し入れ《オーバチュア》」に早々にご好意溢れるご返事をいただき、喜びに堪えません。相談所にお願いするのは初めてでしたので、こうして、あなたからのお手紙という良い結果が得られて、私がどれほど元気づけられたか、お分かりでしょう。今のような自分本位の時代では、誰もが思いやりがあるとは限らず、どれほど誠実にお伺いを立てても、返事は当てにはできません。それなのに、あなたは証明してくださった。私は希望を失う必要など全くないことを！　はい、ご推察のとおり、私は引退した「老練の船乗り《オールド・ソールト》」なので（でも決して、それほどの歳ではありませんからね！）、当然ながら、あなたも大海原がとてもお好きだと伺い、心躍る思いでした。図々しい望みですが、お会いして是非とも海のお話をしたいものです。

なるほど、あなたは作家でいらっしゃるんですね（あなたのお手紙を読めば分かりますとも）。羨ましいかぎりです。よく昔の船員仲間に体験談を本にするべきだと言われますが、その時間は到底なさそうです。残念なのですが。というのも、たまたま親しい友人が大物の著作権代理人なのです。彼は出版社を幾つも文字どおり掌中に握っているのですが、なかなか原稿が手に入らずにいます。特に、彼が言うには女性作家の原稿が。あなたがお手元に隠し持っていらっしゃる原稿を検討してはいかがでしょうか？　さらに骨董品もお好きだとか——これもまた、何という偶然の一致でしょう！　あなたの「派手で安っぽい二流の物に溢れた今の世の中」についてのお話に、全く同感です。私は姉にいつも言われています。「充分とはいえ微々たる蓄え」を古い工芸品に使いすぎると。だが姉には、収集家が「愛情込めて丹念に作られた時代物の彫り物や小間物に狂喜」するのが理解できないのです。

会いましょうと、是非ともご返事ください。一言、ほんの一言そう言っていただければ、すべて手配いたします‼

今のところ、上々だ。至極上々。そう思いながら、ミス・ティータイムは手紙をたたんでハンドバッグにしまった。

彼女は腕の、小さめな銀色のドレス・ウォッチを見た。九時半だった。４１２２にはすぐに返事を書かないことにした。物欲しげに見えては淑女らしくない。今回は短い手紙で済まそう。明日、書けばいい。

彼女は廊下の反対側のレジデンツ・ラウンジへ行き、中央テーブルに重ねられた新聞の中から『デイリー・メール』を取ると、それを手に灰色の大きな肘掛け椅子に深々と腰を下ろした。フラックス・バラの朝は、実に気持ちがいい。誰にも煩わされず、ロンドンのホテルだと神経質で尊大な人たちの邪魔にならないように足を引っ込めておかねばならないが、そういう気遣いの必要はまるでなかった。

ここで新聞を読むことは、狂気じみた遠い戦場からの特電に呑気に目を通しているようなものだったので、新聞の下のほうの控えめな記事がフラックス・バラ発であることに気づいた時、ミス・ティータイムは驚くと同時に興味をもった。

記事はたいした内容ではなかったが——失踪した地元の未亡人の捜査と、以前の同じような事例との関連の可能性についての記事だった——全国紙でフラックス・バラという名を目にするだけでも、自分に関わりがあるような妙な感じを覚えた。

その一時間後、ミス・ティータイムは明るい日差しの中、のんびりと公共図書館まで歩いて行った。ほとんど人気《ひとけ》のない閲覧室で、彼女はチッペンデール式家具やシェラトン式家具、ヘップルホワイト式家具について新たに幾つかの、興味深い断片的情報を得た。さらに時間を見計らって『現代の船舶操縦術入門』にもざっと目を通した。

図書館を出たのは、ちょうど正午を回った頃だった。彼女はチャーチ・ストリートを進み、路地に入った。前日に、とても雰囲気の良さそうな宿屋《イン》を見つけていたのだ。

「サラセン人の頭《サラセンズ・ヘッド》」という名のその宿屋《イン》は茅葺き屋根と漆喰壁の古びた建物で、長い年月のあいだに厚い壁の重みで沈下したのか、あるいは路地が幾度も舗装されて高くなったのか、いずれにせよ、歩道は建物の窓の上端と同じ高さだった。入り口までは五段ある階段を降りねばならず、どの踏み段も摩耗して、浅いスープ皿のように凹んでいた。

酒場になっている細長い部屋は薄暗く、周囲の古い石の冷たさで空気がひんやりとしていた。窓から遠い隅では、ランプがかすかに輝いている。その黄色みを帯びた柔らかな光は――その光には別次元の時間の心地良さが感じられた――オーク材の家具の黒い蝶番《ちょうつがい》や補強材に反射していた。

ミス・ティータイムの姿を見た主人は、三人しかいない客の相手をしていたテーブルから立って、カウンターの後ろに回った。主人は憂いを帯びた大男で、フェアアイル（多色幾何学模様の羊毛ニット。スコットランド北東のフェア島発祥）のかぶりのセーターは、ベルトで締め切れていない太鼓腹の上で幾重にもひだが寄っていた。三人とドミノをしていた主人は、左手にすっぽり納まっていた六枚の牌をカウンターにカチリと伏せた。彼はウイスキーのダブルと釣り銭をミス・ティータイムに差し出すと、すぐに手の平でドミノの牌をわしづかみにしてゲームに戻った。

ミス・ティータイムは近くのテーブルの席につき、しばらく好意的な眼差しでゲームを見物していた。次にみんなの飲み物がつがれている合間に、彼女は立ち上がって、おずおずと近寄った。

「少しのあいだ、ここでゲームを拝見してよろしいかしら？　ずっと、このゲームのやり方を見たかったんですの」

幾らか戸惑ったようなつぶやきが聞こえたものの礼儀正しく承認され、長椅子の二人が彼女のために、かがんで席をずらしてくれた。

彼女は、青い綾織りの服の男の隣に、取り澄まして腰を下ろした。彼のどうぞという笑みは片方の目が軽い斜視であることで多少損なわれ、彼女の背後にいる誰かと秘密のやり取りをしたような感じを与えた。だがゲームが進むにつれて再び会話が弾み、やがて、ミス・ティータイムもその場に溶け込んでいた。

彼らの計算の速さは見事だった。明らかに計算に長けている。おそらく先見の明はもっと素晴らしかったのだろう。だが何よりも彼女が目を見張ったのは、彼らが皆、十枚、十二枚、十四枚と牌を確実に一握りでつかむ、その様子だった。

さらに二ゲームが行なわれ、飲み物も新たに用意された。象牙製の牌がカチャカチャと音を立てて旋回し、シャッフルされた。牌を取る手が伸びた。

「あのう」と、ミス・ティータイムが急いで言った。「もし私が……」

みんなが彼女を見た。

「つまりその、もし私が試しにやったら、皆さんのゲームを台無しにしてしまうでしょうか？　やり方は分かると思います」

一瞬、みんなが黙った。主人が客たちをちらりと見た。「いいでしょう」主人が言った。「試しにやってごらんなさいな」主人が山札を彼女のほうへ滑らせてよこした。

嬉しそうに、ミス・ティータイムは牌を取って小さな三日月型の壁を作り始めた。「皆さんのように手が大きくないもので」

「好きなようにやってみるがいいさ」斜視の客が言った。「俺は見ないでいるから」図らずも彼はその瞬間、すでに言葉どおりにしているかのようだった。だが育ちの良いミス・ティータイムは、ほかの人々の苦悩を思いやりなく眺めたりはしなかった。

「それじゃあ、いいかな」主人が言った。「あんたからだ、ジャック」

「そうそう、一ついいですか」ミス・ティータイムが改まって言った。「これは、どうしても申し上げておかなければ」彼女は、ぎこちなく微笑んだ。「私が、皆さんの言うところの『一人勝ち』をしないことは分かりきっています。ビール一杯ずつ――そうですよね？　それで万が、一、私が勝ったら……あら、そんなことあり得ませんね！」

「ウイスキーをおごりましょう。もし勝ったら」主人が丁重に明言した。

ミス・ティータイムは頬を赤らめた。「でも、シングルですよね。もちろん」

ゲームが始まった。

二時間後、閉店時刻という厳然たる事実が（「サラセンズ・ヘッド」も所詮、別次元の世界ではなかった）他のメンバーに重くのしかかる頃、ミス・ティータイムは九杯のウイスキーのおかげで、一人ほがらかだった。ドミノで勝つには、ほかのもので勝つのと同じく、ある種のこつが必要なだけだ。彼女は上機嫌ではあったが、自分の隠れた才能の一つを発見できたことにも傲《おご》りはなかった。

主人がのっそりと立ち上がり、伸びをしてから、大きな身体でみんなの前に立った。

「グラスを下げるが、いいかい？」主人が一本調子に尋ねた。

「まだ早いよ」ジャックと呼ばれていた客が答えた。

ミス・ティータイムは、いたずらっぽい笑みを浮かべながら十杯目のウイスキーを覗き込んで言った。「気短かなおやじさんだこと！」ジャックは声を立てて笑い、肘で彼女をつついた。

「三時だよ」主人が、きっぱりと言った。

ミス・ティータイムはこれ見よがしにドレス・ウォッチで時刻を見て、訂正した。「二分前ですよ」

人とは違った視野の客が、通り向こうにあるビルの壁の時計を見ようとして、窓辺の花瓶をじっと見つめた。「そのとおり。まだ二分ある」彼はそう言って振り向き、ミス・ティータイムに向けられたその称賛の視線を、主人が、いわば代理で受けた。

「やつは、せっかちだからな。全くフレッドときたら」もう一人の客が言った。ジャックが声高に同意して、またミス・ティータイムを肘でつついた。

彼女はにこっと笑い、それから不意に、取り澄ました非難の言い回しを口にした。

「フレッドについて私なりによく考えたうえでの意見なのですけど」と、彼女は慎重に言った。「彼は、腸をよじらせて屁をお出しになるんでしょうね」


フラックス・バラ警察署の犯罪捜査課で、パーブライト警部とラブ巡査部長は打ち合わせに入った。ふたりともそれぞれ、有力情報は入手できなかったと感じていた。しかし、十分前にほんの一瞬チャッブ署長が「ご婦人たちは、もう見つかったかね?」と言いながら部屋の戸口に顔を見せたことは、ないがしろにはできなかった。署長はハムレットの父親の亡霊のように見えた。

「きっと、ミスター・スペインが署長にいろいろ言っているんだよ」パーブライトが言った。「署長は、あのチビちゃんたちに食べさせる肉をスペインの店から買っているからな」

署長のヨークシャー・テリアに二度も嚙まれていたラブも、そう思った。相手を承知でペットの食料を配達している人間なら誰でも、警察署長に圧力をかけることは充分にできる。

パーブライトは、ファイルにざっと目を通した。ファイルには、ミス・レキットとミセス・バニスターに関して得たすべての情報がまとめられていた。そのほかに筆跡のサンプルも五つ入っていたが、三通の手紙の「レックス」の筆跡にそっくりなものはなかった。ただし専門家によれば、ミスター・ラスクの「O」の文字とレスター・アベニューに住むミスター・ローリーの「T」の横線が、似ていなくもないという話だった。

「ラスクの筆跡だといいんだが」パーブライトは正直に言った。「だが彼は潔白だ。一つには、魅力的な男を演じるのは彼には到底無理だ。さらには、作家としてのプロ意識が強すぎて、成功している作家のふりなどできはしない。ミセス・バニスターのような女性たちは文学関係には詳しいだろうからね。ラスクは文学昼食会の話を持ち出すぐらいはするかも知れないが、そこにJ・B・プリーストリーが同席するなんていう作り話は絶対にしないよ」

「それじゃあ、ラスクは詐欺師じゃないんですね？」

「いいや、シッド。彼は詐欺師には違いない。だが、我々が捜しているのとは違う。本物の詐欺師になるには、D・H・ロレンスのひげや、はらわた云々を借用するだけじゃだめだ——聞こえよがしにヨークシャー訛りでしゃべったとしてもな。詐欺師のごまかし振りには、ある種の輝きがある。何年もかけて作り上げて完成させた装具——精巧な美しい管楽器のようなものだ。ラスクは木製のフルートも作れていない」

「警部のお話を聞いていると」ラブが敬服のあまり、一呼吸おいてから言った。「私が調べた二人の男も論外のようです」

「ローリーと……」そう言って、パーブライトが自分のメモを見ようとした。

「シングルトンです。引退した水道技師の」

「そうだったな。どんな具合だったんだ？」

「それが、私が行ったら、ふたりともあんまり嬉しそうじゃなくて。シングルトンなんて、庭から出てこようとしないんです。芝刈り機を持って、行ったり来たりしてるばかりで。彼がそばを通る時に捕まえて、毎回、行きに質問して帰りに答えを聞き出さなきゃなりませんでしたよ」

「それは大変だったね」

「たいしたことはなかったですが。答えはどれもすごく短かったですし、彼が忙しくしていたおかげで筆跡のサンプルも簡単に手に入りました。バラの茂みからラベルを三、四枚、ちょっと失敬してきたんです。もちろん」と、ラブはファイルを頭で指し示しながら付け加えた。「少し周りを切って小さくして、うまく貼っておきました」

「そうだったね。実にきちんとしていた。これでやっと分かったよ。『平和、ミセス・ペティファー・ブレヴィットの最高傑作、ランカシャー、斜上性』の意味が分からなかったわけが」

「彼は今に至るまで、あの結婚相談所を介しては誰とも会っていないと言っていました。日が暮れたら手紙を書こうと思っている女性はいるが、実際にはまだ何も決めていないとか」

「日が暮れたら？」

「庭仕事をしようにも何も見えなくなったらと」

「そういうことか」

「正直なところ、シングルトンが誰かをペテンにかけたとは思えません」

「そのようだな。ローリーのほうはどうだい？　きみには彼も悪党には見えなかったんだろうな」

ラブは首を横に振った。「彼は単純な男だと思います。いろんな懸賞に応募してるんです。もう何百というほど。居間のあちこちに記事を切り抜いたあとの新聞が転がってました。現に、私が行ったら、トマトスープの懸賞で選ばれた知らせかと本人は思ったぐらいです。選ばれたら、西インド諸島かどこかに四日間旅行に行かれるとかで。戸口に出てくるや大急ぎで中に戻って、缶詰の空き缶を三つ持ってきて『ビゴのベジタブルはビガーの源《元気》』って言ったんです。全く、とんまなやつでしたよ」

「誤解は解いたんだろうね、言うまでもなく」

「ええと、すぐにじゃないんですが、実は。警部が如才ない態度の話をしていたのを思い出して」

パーブライトは厳しい表情でラブを見た。「如才なさを虚言癖と混同してはいけないよ」

「きょげんへき？」

「嘘ばかりつくことだ」

ラブは、ほっとしたようだった。「いいえ、彼に何一つ嘘はついていません。ただ、こう言っただけです。大変申し訳ないが、あなたが送った『私がいつもビゴ・スープを使う理由』のキャッチフレーズを見つけ出せそうもないので、コピーをいただけますかって」

パーブライトの表情は和らがなかった。

「実は」と、ラブが言葉を継いだ。「自分の頭で考えてやってみる、いい機会だと思ったもので」

「どうしてキャッチフレーズの懸賞だって分かったんだ？」

「ええと……推測したんです」

パーブライトはすべて見抜いている目つきでラブを見つめていたが、やがて、ファイルに視線を落とした。彼はゆっくりと厳粛に、声に出して読んだ。「『私がビゴを選ぶ理由は、ビゴ・スープが軍隊用の食料だから』」

パーブライトの視線がまた、ラブの顔に注がれた。「心から願っているよ」パーブライトが言った。「きみの応募作が、これより多少はマシだったことを」

ラブが顔を赤らめたとしても、もともと赤みを帯びた顔色だったために分からなかった。

「もう一度ミセス・ストーンチに会う必要があるな」パーブライトが言った。「どのくらい顧客がいるかは分からんが、全部にあたるしかなさそうだ」

「相談所をただ隠れ蓑として使っているという可能性はないでしょうか？」どうしても名誉を回復したいラブは、そう提唱してみた。

「どういうことだ？」

「相談所のオフィスにはミセス・バニスターのような人たち全員の記録があるんですよね。オフィスに忍び込むのは、さほど難しくはないと思います。誰かが忍び込んで名前とかを書き留めて、あとでその人たちに手紙を書いたとしたらどうです？　つまり、そうすれば、そいつ自身が顧客になる必要はないのでは？」

パーブライトも考えてみた。

「なるほどな。侵入するのは簡単だし――何も正面切ってする必要もないしな。問題は、最初の段階では手紙の宛名は番号でなければならないことだ」

「でも、その男には番号も分かるわけですから。まず手紙を相談所に送り、相談所のミセス何某《なにがし》が手紙を転送する。彼女は何も不審に思わず転送するでしょう」

「確かにな。だが被害者の返事はどうなる？　彼は相談所に取りに行くことはできない」

「そうする必要はありません。手紙の最初に自分の住所を書いておいて、返事を自分宛に直接送ってもらえば済みます」

パーブライトは黙ったままだった。この説はどうかなとは思ったが、確かにあり得なくはない。彼は電話帳に手を伸ばした。

「名誉を回復したな、シッド。きみの話は一理ある」

褒美をもらったレトリーバーのような表情で、ラブは、パーブライトがダイヤルを回してミセス・ストーンチに前置きの挨拶をするのを見つめていた。しばらくして、パーブライトが本題に入った。

「実は、ちょっと頭をよぎったことがありまして――というよりも、部下のとても勘の働く巡査部長のおかげで思いついたんですが――先日お話しした件に関係があるかもしれず……そうです。我々が捜している二人の女性の件です。お願いがあるんですが、以前に誰かがあなたの留守中にそちらのオフィスに入ったような――つまり、押し入ったか忍び込んだかした――形跡がなかったか、よく思い出していただきたいんです……そうです。この二、三カ月かそこらのあいだに……」

パーブライトは受話器を肩と耳のあいだに押しやって、タバコに火をつけた。ラブの耳に、ミセス・ストーンチが何やら言っている甲高い声がうねるように聞こえてきた。

パーブライトが言った。「窓が……分かります――裏の路地に面した窓ですね……でも、何も盗まれてはいなかった……そうですか……いいえ……いずれにせよ、どうもありがとうございます……まあ、そうかもしれないし、そうでないかもしれません――おそらく違うでしょう、実際には。ともあれ、ありがとうございました。ああ、それからあと一つお願いが。そちらのファイルを私が自分で見る必要がありそうです。どうしても、そうせざるを得ず……明日あたり……結構です、はい。またお目にかかるのを楽しみにしております」

考え込んだ様子で、パーブライトは受話器を置いた。

「彼女は泥棒が入ったと思っているそうだ。クリスマスが過ぎて間もない頃に。いつだったかははっきりしないんだが、寒い時期だったようだ。後ろの窓が少し開いているのに気づいたぐらいだから。

彼女の分かる範囲では何もなくなってはいなかったが、ファイリング・キャビネットの中が多少かき回された感じがしたと言っていた」

「やっぱり、そうだったでしょう」ラブが言った。

「ああ、そうだな。まさか我々の思ったとおりだとは。だが、きみにも分かるように、これで事態は厄介になった。容疑者は、住所はもちろんのこと、しっかり登録されている二、三ダースの男性のはずだったのに、今は、男性の住民全員の中から選ばねばならなくなった」

ラブはごくりと唾を飲み、足元に目をやった。彼は、サクランボの種を弾き飛ばしたせいで急行列車を脱線させてしまった男のように見えた。

「気にしなくていい」パーブライトが言った。「思ったより簡単かもしれない。今までとは違うやり方でやれば。というよりも、全く逆のやり方でやればな。今まで我々は、相手は相談所に登録している男に違いないという前提で調べを進めてきた。だが、もはやそれを前提にはできない。とはいえ男を見つける手段がほかになければ――外見や行動や住所について何も分からない以上――我々は、男が次の仕事に取りかかるのを待つしかない」

「ええっ、また女性が殺されますよ！」

「もちろん、そんなことはさせない。ともかく、まだ分かってもいないのだ。殺された人間がいるのかどうか。女性をハーレムに置いているだけかもしれない。沼地のほうの農場主たちのようにな。いやいや、私が言いたいのは、猟師を追い回すのをやめて獲物を見張っているほうが、男を捕まえる可能性はずっと高いだろうということだ」

「それじゃあ、男はまたやるとお思いなんですね」

「もっといい仕事にありついていなければな。こういうことは必ず癖になるものだ。それに、今までの儲けで引退できるわけでもあるまいし。昨今は四百ポンドも長くはもたない。ミス・レキットに換金できる財産がたくさんあったとも考えられない」

「ふたりが気の毒です」ラブが言った。少し気恥ずかしい何事かを決意したかのような、断固とした口調だった。

パーブライトは思案げに、ゆっくりと頷いた。「私もそう思う。実に気の毒だ。金を奪われたからではない。ことによると殺害されたからでもない。侮辱されたからだ。ふたりは心底、傷ついたに違いない」

第九章

ミセス・ストーンチは興奮と困惑を押し殺した表情で、パーブライトを出迎えた。彼女は黙ったまま先に立ってオフィスに入り、そのまま窓のそばへ行った。

「ところで――これ、どう思います？」

彼女は、窓敷居と窓枠のあいだの狭い隙間を指差した。木の部分に、ねじ回しか鑿《のみ》を差し込んだような跡がある。跡は真新しかった。

パーブライトは驚いて目を見張った。「きのうの晩ですか？」

「考えてみると、お電話をいただいて私が以前の件をお話ししたのは、きのうの午後でしたよね。どういうことなんでしょう、一体全体！」

「妙ですね」彼も不思議に思った。彼はその跡をじっと見てから、窓のほかの部分を調べた。掛け金は古く、緩んでいる。ほんの少し動かせば外れただろう。

「何か、なくなっていますか？」

「また、そこを見ていきました」ミセス・ストーンチがファイリング・キャビネットを指差した。

パーブライトはハンカチを取り出し、一番上の引き出しをゆっくりと開けた。中の物は、前回の訪問時にちらっと見た時ほど、整然としてはいないように思えた。

ハンカチの意味は、ミセス・ストーンチにも通じた。「申し訳ありませんが、何も触っていないとは言えませんの。すぐには窓のことに気づかなかったので」

「それはそうでしょうね。だが、今からでもアガサ・クリスティのルールを守れば大丈夫です。誰かを来させます」彼は電話に手を伸ばした。「よろしいですか？」

十分もしないうちに、ハーパー刑事が革のケースと手回しオルガンほどもあるカメラを持って到着した。

彼は見るからに、外に出られて嬉しくてたまらないという様子だった。探検中のギボン（スコットランドの小説家・考古学者。一九〇一～三五）のように軽やかに狭い部屋を動き回り、楽しそうに大量の灰色の粉をスプーンで、かけられる場所には至る所にかけた。その幾つかは、侵入者が八フィートの大男でなければ届かない場所だ。

「彼は、どこにも傷を付けたりしませんから」パーブライトはミセス・ストーンチにささやいた。彼女は信じてはいないようだった。

「それはだめ――機密書類です」彼女が大声で言った。ハーパーはキャビネットからフォルダーを抜き出す手を止め、伺いを立てるようにパーブライトの顔を見た。

「フォルダーの表紙だけでいいよ……いや、考えてみると、何もしないほうがいい。もし男が手袋をしていたら時間の無駄になるし、していなかったら、きみがすでに採集した中に、もっといい指紋があるだろう」

ミセス・ストーンチは感謝の気持ちから、パーブライトにかすかに微笑んだ。

その時点を境にハーパーの生気は急速に消え失せ、やがて彼は小道具を回収し、レンズや瓶や皿やブラシを革のケースの仕切りの中に詰め始めた。

「大ごとですね」ミセス・ストーンチが不安そうに言った。彼女は口には出さなかったが、この厄介ごとで最悪だったのは、ハーパーの口笛を吹く癖だった。彼は作業のあいだずっと歯を閉じて一つの曲を――カルメンの「闘牛士の行進」を――口笛で吹いていた。

ハーパーが帰ったかと思うや、ブザーが鳴った。ミセス・ストーンチが壁の表示ランプを見上げた。一対の電球の一つが、数秒間、点滅した。

「顧客がいらしたようです」彼女が説明した。「お一人にしてもよろしいですか？」

「構いませんよ。私も、しばらくは忙しいですから」パーブライトは、説明の意味でキャビネットを軽く叩いた。

ミセス・ストーンチは眉を寄せてためらっていたが、やがて肩をすくめてドアを開けた。「私の話、忘れないでくださいね。信用に関しての。つまり、信用がすべてで……」彼女は最後まで言わなかったが、目には懇願の色が浮かんでいた。

「もちろんですよ、ミセス・ストーンチ。充分に理解しています」

ドアが閉じられた。

しばらくして、パーブライトは気がついた。いわゆる「女性部門」は、コード番号――三百番以上――のわりには、ファイルが少ない。これは間違いなく、囲み広告の量を実際より多く見せるために新聞社が用いるのと同様の、心理学的法則に基づいたやり方だ。

最近になって登録されたものは――彼はそれだけに関心があったわけだが――一ダースほどだった。彼はそれらをファイルから取り出し、入念に目を通した。

必要上、ミセス・ストーンチが書き取る際に使ったに違いない快活な常套句が散りばめられてはいたが、ほとんどすべてが内容は同じだった。若さも財産も社交上のたしなみもないために孤独で侘しい未来が差し迫っている女性たちの、悲しいとはいえ平凡な物語だった。申込者の大半は、二十ギニーの入会金を支払う余裕が充分にあったとは思えない。三人は老齢年金受給者、二人は農場労働者の未亡人。六人目は「自分に合う男性の家で行き届いた家事と美味しい料理」を提供したいと願っている女性で、今は学生食堂の手伝いをしている。「財力（弊社使用欄）」の項目に、ある女性は本人がこう書いていた。「生活費、週四ポンド」

犯罪に利用するには必ずしも金鉱とはいえない。パーブライトは、そう思った。

しかし、二枚の申込書は並外れて有望だった。

一枚目の記入者は、ローズ・プレンティス、五十八歳、夫と離別。職業は畜産業と農場経営と書かれている。趣味は案にたがわず、乗馬、射撃、ドッグ・ショーへの参加だ。容姿の項目には「乗馬の姿勢がいい」とだけ記載があり、「財力」という文字は太くて短い線で消されていた。これは、地主という身分と地主であり続けるという固い決意を示したものに違いない。

ミセス・プレンティスが相手に求めている資質も、同じように素っ気なく書かれていた。力が強く、精力的で、馬の飼育に慣れていて、快く家畜小屋の掃除をするひと。子どもたちに対する忍耐強さは、あればあったでいい。農場には大勢の孫たちが一団となって、入れ替わり立ち替わり遊びに来るからだった。

パーブライトは試しに、自分が詐欺師でミセス・プレンティスが被害者のつもりになってみた。ローズ、愛しているよ。私に不動産の証書類を渡してはどうかな？　私は、こと経営に関しては、すごく腕が立つんだ――《家畜小屋の掃除は、もう済んだの？》――まだだよ。きみに話した掘り出し物のトラクターを買うから、五百ポンドくれるかい？――《トラクターなら一台あるじゃないの。そんなにお金に困ってるなら、パン入れの中の現金箱に、へそくりが三シリング六ペンス入ってるわ》――きみの保険の手続きは私にやらせてくれないか、ねえ、ローズ。そうしたら、きみにキスの雨を降らせるよ――《じゃあ、これがあたしの国民保険カードと今週分の国民保険料。ところで、馬の飼育はお手の物なの？》――子どもが二十七人もうろうろしているんだけど、どうしよう？　まさか本当に……。

パーブライトは、はっとした。不吉な横道に引き込まれそうな夢から目覚めた心地だった。彼はフォルダーを閉じ、そのフォルダーも不合格者側に置いた。

可能性のある女性が一人残った。彼女の申込書を二度熟読した結果、パーブライトは、ほぼ完璧なおとりが見つかったと確信した。彼は素早く手帳に詳細を書き写し、ファイルをすべて元通りの順序で引き出しにしまった。

引き出しを閉める前に男性の顧客の記録も急いで綿密に目を通したが、すでに時間を浪費した五人よりも捜査の価値がありそうな人物は一人もいなかった。

彼は、そっと裏口から外に出た。

ラブ巡査部長は懐疑的ながらも興味津々な様子で、パーブライトが見つけ出した女性の名前を読んだ。

「ルシーラ・イーディス・キャヴェル・ティータイム……なんとまあ！　この女性が名前を変えたがったとしても不思議じゃないですね」

「記憶に残るのは確かだ。きみの助けにはなるよ」

「私のですか？」

「そうだ。ここにきみをこの女性の担当に任命する。もしも女性が単にミス・スミスとかミス・ジョーンズだったら、きみは誰を尾行すればいいのか思い出せないかもしれない。そうならないまでも、見張りがずさんになる可能性はある。さてと、ミス・ティータイムについて知らせておこう。

彼女は自分では四十三歳だと書いているが、二つのミドル・ネームからみて、第一次世界大戦のあいだに生まれたと思われる（イーディス・キャヴェルは英国の看護師。第一次世界大戦時、敵味方の区別なく兵士の命を救った）。したがって、五十歳ぐらいと考えるのが妥当だろう。外見については、会えば分かる。滞在先はローバックホテルだから、ジム・マドックスが役に立ってくれるかもしれない。あるいは、きみに気があったあの女の子——ホテルのバーのあの……」

「フィリス・ブローですか？」ラブは驚いたようだった。

「いや、名前は知らない」パーブライトが言った。巡査部長より上の人間は密通のような瑣末な事柄には関心がない、とでもいうような言い方だった。「とにかく、誰の助けを借りて取りかかるかは、きみに任せる。調べてほしいのは、このティータイムという女性の出かけ先と——もっと重要なのは——会う相手だ。調べられるかね？」

「もちろんです」ラブが答えた。「そんな歳なら、あちこち動き回るのは無理ですから」

「どういう意味だね——そんな歳とは？」

「五十歳ぐらいだろうって、おっしゃいましたよね」

パーブライトは、望み薄かという諦めの表情で上を向いた。「言ったとも。だが、一言、忠告しても構わないかな？　年を取れば耳が遠くなって視力が衰えるものだと決めてかかってはいけない。この女性を尾行する時は、そっと目立たないようにやってほしいのだ――老人病棟の運搬係のようではなく」

「私のことに気づいたりしませんよ」ラブは平然と断言した。

　その後、しばらく考えてから言った。

「でも、どうして尾行をしなければならないんです？　女性に事情を打ち明けるか何かして、状況を知らせてもらうわけにはいかないんですか？　つまり、そのほうが、ならずに済みますよね……」ラブは、あやうく「時間の浪費に」と言いそうになった。「……二度手間に」

　パーブライトは首を横に振った。「おそらく、とても気の弱い人間だろうからね。事情を話すとなると、これから会う男は詐欺師かもしれないと言わざるを得ないだろう。協力に同意してくれたにしても、緊張のあまり、役に立たないかもしれない」

　ラブもこの論理を受け入れ、すぐにローバックホテルに向かった。

　支配人のジム・マドックスは、喜んでできるかぎりの助力をすると言った。しかし、彼は心から願っていると。ミス・ティータイムが（彼女はとても尊敬に値する女性という印象だった）、どうか、そのう、決して、ええと……。

　大丈夫です、とラブは言った。彼女なら大丈夫です。彼女の身の安全のために目を離すなと言われています。それだけのことですから。

　マドックスは、それを聞いて安心した。彼は、こう言った。誰しも容易に人を見誤るものだ。人は、今、カクテルバーでクリスマス・ストッキングにそっと六ペンス白銅貨を数枚入れているかと思えば、もう寝室の暖炉の火に店の便座をくべているかもしれない。

何があるか分からないというこの話にラブは畏敬の念とともに感謝の意を表し、今からミス・ティータイムの様子を見守れるか尋ねた。

マドックスは、残念ながら彼女は留守だと言った。出かけていて、それが彼女の午前の習慣だという。だが一時かそのくらいに食堂で昼食をとっていてくれれば、彼女が食堂に現われたら、すぐに教えると言った。

ラブにとって今回の任務は、日常業務よりも高級で融通が利きそうに思えた。彼の日常業務はと言えば、盗品リストを持って古物商を回ったり、集会場の洗面台を粉々にした容疑で若者たちを取り調べたり、飼い犬がチャップブ署長の攻撃的なヨークシャー・テリアに出くわしてしまった署長の隣人のような人たちに、鑑札の呈示を求めたりすることだった。こうして彼はその後の一時間を中庭の反対側にあるホテルのバーで過ごし、半パイントのビターを二杯飲みながらミス・フィリス・ブローの胸の谷間を大胆にもずっと眺めていたおかげで、遊び人になった気分を楽しんだ。

一時十分過ぎに、ラブは食堂にぶらぶらと入っていった。マドックスは、広い食器台でサラダドレッシングを混ぜ合わせていた。彼はヴィネガーの瓶を手にラブに心得顔で微笑み、頷いて例の女性はすでに来ていることを知らせた。

レストランで滅多に食事をしない人々の防衛本能で、ラブはドアから最も遠い壁を背にしたテーブルについた。彼はこの時のために忘れずに買ってきた新聞をポケットから取り出し、その陰に陣を構えた。

客がいたテーブルは六卓だけだった。ラブは新聞越しに、テーブルを順番に覗き見た。あれがミス・ティータイムに違いない——ウエイトレスがスープを持って行こうとしている、あの一人で座っている女性が。

女性はウエイトレスに向かって微笑んだ。思ったよりも感じがいい女性だ——魅力的だと言ってもいい。だが、若くはない。髪は、かなり白髪が目立っている。水色のアンサンブルは、「最新流行」ではないが洗練されている。背筋のぴんと伸びた威厳のある風情は、親戚のおばさんや司書などのような、性別を超越した人物たちを連想させた。残念なのは、彼女が歳のわりに若く見えることだった。あの年代の健康な女性は一般的に、歩くことにやたら熱心だ。ラブは心配から、足先が縮む思いがした。

ラブの注文を取りに来たのはマドックスだった。

「青い服を着た女性です、一人でいる」マドックスがメニューに向かってささやいた。

「そうだろうと思っていました」ラブが言った。

「彼女には知られたくないんですよね？　あなたが……つまり——ボディーガードしていることを」

「もちろん、そうです！」ラブが、ささやき声で答えた。「牛肉の蒸し煮」と、今度は普通の声で言った。

「絶対に言いません」マドックスは、しゃがれ声でそう請け合ってから、「スープは、どうなさいますか？」と大声で尋ねた。

「スープは結構です」ラブは、尾行する相手が料理一品分、先を行っていることを思い出した。

ラブはまた新聞の陰に隠れて、ミス・ティータイムのスプーンが上品に上下するのを見守った。彼女の頭は優雅にほんのわずか前傾した状態に保たれ、あの珍奇な——頭を突き出すような、すくいあげるような――動きはまるで見られなかった。これを見たら、スープを飲む人の大半が、見習う必要を認識するに違いない。彼女はスプーンの柄の先端を持ち、手首でというよりも、しなやかな細い指でスプーンを外側に適度にひねった。ラブは、いつの間にか考えていた。恋人にこういうふうにするようにと言ったら、おとなしくそうしてくれるだろうか。どんなに愛くるしいことか。

こうした考えに余念がなかったラブは、ウエイトレスの一人にラブの注文を伝えたマドックスが、かがんでほかの特別待遇の客と内々の話をしているのに気づかなかった。その客は『フラックスバラ・シティズン』紙の編集主任、ジョージ・リンツだった。痩せ形だが筋骨たくましく、細くて疑い深そうな顔は、唇がないように見える大きな口で二分されていた。

マドックスは、実際には情報を提供していたわけではない。ラブが話した件は何一つ、他言してはいなかった。だが彼にとって秘密は、こなれの悪い、こってりした夕食のように胃にもたれた。出してすっきりしなければ、腹が破裂してしまっただろう――横目で周囲を見ながら、顎を引いて小さくなり、もったいぶったほのめかしをまくし立てなければ。とはいえ、特に大きな問題はなかった。ミスター・リンツが得た情報といえば、青い服の中年女性たちについて洗いざらい知らされたら驚く人がいるだろう……その気になれば、ホテルの支配人は本を一冊書ける……人は様々で、要するに、他人には決して分からない、ということだけだった。

編集主任のリンツはうるさくされるのには慣れていたので冷静沈着に相手の話を聞いてやり、マドックスがにじり歩きでその場を離れた途端に、その話は忘れていた。

ところが、一人いた。忘れなかった人物が。

ミス・ティータイムには、支配人の話の内容は全く聞き取れていなかった。しかし、彼らのほうを見ている様子はなかったものの、支配人の身振りの幾つかは自分に関するものだと、はっきり分かった。

人は当然ながら、自分が話題にされること自体は気にならない。無視されっぱなしよりは良いからだ。興味を引かれるのは、話題に選ばれた理由だった。

ミス・ティータイムはスープ・スプーンを置いて、のんびりと何気ないふうを装いながら、あたりを見回した。彼女は、ウエイトレスの一人と別のテーブルの初老の紳士に笑みを返した。彼女が実際に捜していたのは、唇が薄い、品のない男性のところへ行く前に支配人が話していた客の姿だった。

ちょうどその時、ウエイトレスがラブのテーブルに牛肉の蒸し煮を持ってきた。ラブは新聞を下ろしてウエイトレスににこやかに笑いかけ、料理を並べてもらうあいだ、椅子の背に身体を押し付けていた。

ミス・ティータイムはその機会を捉えて、二十フィートの距離が許すかぎり細かに彼を観察した。若くて、血色がよく、かろうじて有能で、頑固で、基本的に気立てが良い。なかなか好感がもてる。つまり……。

ミス・ティータイムはあたりに視線を戻し、心の中で但し書きを付け加えた。

……警官にしては。

第十章

フラックス・バラで生まれ育ったラブ巡査部長はほかの管区で数年勤務したのちも当然のように戻ってきたが、町のことは何でも知っているかと言われれば、そうとは言えなかっただろう。その地で生まれ育った人は、家庭と職場周辺という行動範囲以外の地域のことは、あまり気にかけない。もちろん、ラブの場合は警察官という仕事柄、行動範囲はかなり広かった。それでも、彼が入ったことのない路地や探検したことのない袋小路、渋る足を踏み入れたことのない川辺の遊歩道はあった。

彼の知識のそういう隙間はほとんどすべて、ミス・ティータイムのおかげで埋まる結果となった。

彼女は、初めはのんびり気ままに歩いているように見受けられた。始終、足を止めては、塀の笠石や戸口の側柱、歩道から地下の石炭置き場に通じる石炭投入口のふた、古風な街灯などを鑑賞していた。しかし、やがてラブは気がついた。彼女は注意を払っている様子はないものの、行程をしっかりと把握している。ほっそりした姿勢の良い背中からラブが少し目を離すと、視線を戻した時には必ず彼女はすでに遠くにいて、百ヤード先の角を曲がろうとしていた。

ラブは彼女に先導され、足が疲れ果てて太ももが激しく痛む二日間で、フラックス・バラの市街図に記載されているほぼすべての通りを歩き、さらに、彼の目にはソ連のキエフかカナダのメディシン・ハットあたりのように映ったであろう郊外にまで出かけて行った。

ラブは埠頭をよたよた歩き、バーネット・ストリートの地下道で頭を強打し、廃墟となった要塞らしき物に続く急勾配の小道をやっとの思いで上った。そのほかにも生まれて初めて、グレインジャー博物館兼美術館や公共図書館別館での民芸品の常設展、（ほんの少しのあいだ）ブラウン＆デレハムズ・デパートの婦人用トイレにも立ち寄った。

三日目、ラブは休息をとった。ただし、そうなったのはミス・ティータイムの企みによるもので、ラブがそうしようと企んだわけではない。

彼は朝早く起床し、彼が自由に使えるようにマドックスが用意してくれた小部屋で持ち場に就いていた。そこからは、ホテルの階段や食堂とラウンジの入り口が一望できる。食堂のちょうど入り口近くでミス・ティータイムが朝食をとっていた。

ミス・ティータイムは、ラブの姿は見えなかったものの彼は近くにいるだろうと思った。丸二日のあいだ、昼間でも灯りが点いたままのピンク色のランタンのように、彼の顔がひょこひょこと、目のいい彼女の視界の遠い片隅で動いていた。彼女はさほど心配はせず、少し好奇心をそそられただけだった。トーストにマーマレードを塗って皿のそばの手紙を読み始めると同時に、血色の良い親友のことは差し当たって念頭から一掃された。

「4122（英国海軍退役）」は彼女が会うことに同意してくれた嬉しさを述べ、待ち焦がれていた合図とともに「碇を上げよう」と思う、と書いていた。セント・ローレンス教会近くの追悼記念公園に、鐘が十一回鳴るのと同時に来てくださいますか……。

ミス・ティータイムは、ふと考えた。この「鐘」は、普通の陸上生活者の時刻とは意味合いが違うのかもしれない。いや、その違いを理解してもらえると、彼が思うはずはない。これも、いつものおどけた比喩なのだろう。

彼女は手紙の先を読んだ。

私はあなたを直観的に見分けられると確信していますが（あなたはテレパシーを信じますか？）、双方が赤の他人に（‼）近寄って声をかけることのないよう、念のために、水飲み場に最も近い場所に座って花か葉を手に持っていてください。あなたには私がすぐに分かるでしょう。見苦しい年老いた士官《クォーター・デッキ》（「quarter-deck」は元来「後甲板」の意。昔は後甲板で命令を下したことから「士官」の意味にもなった）の顔をしていますから！（いいえ、冗談ですよ――実際は、それほどひどい顔ではありません）……。

クォーター・デッキね。ミス・ティータイムは、つぶやいた。今時、クォーター・デッキで命令する士官なんて実際にいるのかしら？　ひょっとしたら、いるのかも……。

あなたが書いておられた「心に秘めた大きな望み」に、とても興味をそそられています。どういう望みなのか聞かせていただけませんか？　あなたのことを「愚かで夢見がち」などとは決して思わないとお約束します。いずれにせよ、誰しもそうなのではないでしょうか、本当のところは。

今はこれ以上書くことができず申し訳ありません。ロンドン行きの列車に乗らねばならないので――ありがたいことに最近は滅多に乗らずに済むのですが、歳月と取締役会は人を待たず、残念です！

お会いできる時を心待ちにしています。

敬具
４１２２（友人たちからはジャックと呼ばれています。
いちおう、お知らせまで！）

ミス・ティータイムは手紙をたたみ、考え込みながらコーヒーをかき回した。今日だけは、好ましいあの若い警官に自分の航跡を追わせてはならない……。

彼女は、その言い回しがひらめいたことに思わず微笑んだ。船にまつわる比喩には伝染性があるようだ。

十分後、ラブが見守るなか、ミス・ティータイムが食堂から現われ、階段を最初に曲がったところで姿が消えた。ラブは、彼女が今朝はロビーで新聞を読むのはやめて、すぐに出かけるらしいと知り、落胆はしなかった。ラブは、彼の隠れ場所は――実は、扉の上方に小さなガラスパネルのはまった空《から》の食品戸棚だった――息が詰まり、居心地が悪かった。

それから十五分が過ぎた。ラブは小さな窓に顔をじっと押し付けていた。

三十分近くが過ぎた。ラブは扉をほんの少し押し開け、廊下の空気を吸い込んだ。野菜を調理している香りがした。

遠くでグラスの鳴る音が聞こえた。バーがもう営業しているのだ。

食品戸棚にいるのが耐えられなくなっていた。ラブはこわばった身体で廊下に出て、用心深く廊下を数回行き来した。

やがて、それにも飽きた。ラブは通りに出た。彼は通りを渡った先で、朝の心地良い日差しを浴びながら柱が立ち並ぶホテルの入り口を見張れる店先を見つけた。

かなりの数の通行人が、通りすがりにラブに挨拶をした。中には立ち止まって、おしゃべりをしたそうにする人たちもいた。ラブは、がっかりした。映画やテレビの中の刑事は「尾行」をしても、彼らの場合はこれほど多くの気さくでおしゃべり好きな市民と面識はなく、仕事がやりにくくなることはない。それどころか、誰一人、刑事のほうを見さえしないのに。

何かへまをしたのではないかという思いが募り、ラブは、ぶらついているフラックス・バラ市民の世間話や礼を失したひやかしが、ついに我慢できなくなった。彼はホテルに戻り、マドックスに助言を求めた。

ホテルの出口はほかにもあるかと聞かれたマドックスは、あるというか、ないというかと、要領を得ない答え方をした。しかし、どう答えるか考えるよりもまずは、ミス・ティータイムがまだ部屋にいるか確かめるのが賢明だろうとマドックスは思った。彼は、客室係のメイドにそれとなく確かめてくるように指示した。彼の表情があまりに真剣だったために、メイドは即座に、非道な死体遺棄の現場が待ち構えているかもしれないと思い込み、厨房にいる友人に一緒に行ってもらった。

ふたりの期待は外れた。

「部屋には、いらっしゃいませんでした」マドックスがラブに言った。「そうなると、裏の業務用の階段を下りられたに違いありません。お客さまは決して使わない階段です。全く、驚きました。ですが、それしかありません」

マドックスはどうしようもないというように両手を広げ、テーブルのセッティングを確認しに立ち去った。

ラブは憂鬱な気分でバーに行き、昼になるのを待った。ランチタイムになれば、「対象者」が（苛立たしさのあまり、彼は覚えていたスパイ用語からこの言葉を選んだ）、また姿を現わすかもしれない。

フィリスはカウンターの奥にいた。ところが今回は、顎までしっかりボタンをはめた地味な色のウールのワンピースを着ていた。

今日は、誰もがラブに不親切だった。

生垣が巡らされた追悼記念公園は、トク・エイチ（「Toc H」キリスト教徒による親睦・奉仕団体）の活動に熱心な教区司祭の尽力によって、セント・ローレンス教会の墓地の古い一画が整備されてできた公園だった。ほぼ正方形のその公園は外周と対角線上の砂利道によって旗を思わせ、中心的モチーフとして、丸屋根で覆った噴水式の水飲み場があった。

四辺にはチーク材のベンチが二基ずつ、さらに水飲み場のまわりに四基のベンチが置かれている。幾何学的に配置された花壇の中には、幾何学的に刈り込まれた植物が植えられていた。同じ種類の植物はすべて全く同じ大きさに刈られ、葉や花の数まで同じであるかに見えた。四隅と各辺の中央にはセイヨウハコヤナギ、そのそれぞれのちょうど中間にはイトスギが植えられている。木々は若かったが、すでにセイヨウイボタノキの生垣とともに公園を風から守り、車の騒音を遠のかせていた。

ミス・ティータイムは、十一時五分前に錬鉄製の低い門を開けて公園に入った。

女性が数人、その中の二人は乳母車をそばに置いて、まわりのベンチに腰を下ろしていた。三人の年配男性グループは、座って諦めの表情でまっすぐ前を見つめている。三人とも黒の長い外套を着て、労働者の布製の帽子を眉近くまで深くかぶっていた。子どもが二人、斜め方向の砂利道を行き来して競走したり、水飲み場のまわりで互いに追いかけっこをしたりしていた。とうとう一人が転び、母親にベンチに連れ戻された。母親は息子以上にひどい騒ぎようだった。彼女は息子が騒々しくしたからではなく、うまくバランスが取れなかったことに、いきり立っているようだ。

公園には、後甲板《クォーター・デッキ》を見回った経験のありそうな人物は一人もいなかった。

水飲み場に最も近い場所に座るようにという指令を思い起こしながら、ミス・ティータイムは公園の中央までのんびりと歩いて行った。だが見たところ、四基のベンチはどれも水飲み場から等距離にあったために、彼女は入り口が一番よく見える席を選んだ。

やがて彼女は、頼まれた花を用意していないのに気がついた。花は本当に必要だろうか？　公園のこのあたりには他に人がいないので間違いようがない。だが、文通相手は、かなり気難しい男性のようだ。聞いた話によれば、船乗りをしていると些細なことにうるさくなりやすいという。その点は確かめたほうがよさそうだ。

彼女はあたりに注意を払いながら、右腕を席の後ろの横板の隙間にそっと下ろした。かろうじて手が花壇の土に触れた。彼女は手を左右に動かして草花を探した。手が一枚の葉をかすめた。腕を思い切り伸ばして、やっと数本の茎を人差し指と親指でつまんだ。そして、そのまま引っ張った。目的の物は土を離れ、彼女はそれを、その重みに幾らか戸惑いながら、横板の隙間から膝の上に引き上げた。女性や年配男性たちのほうを見てみたが、誰にも気づかれてはいないようだ。

彼女は、ちらりと目を下にやった。

「あらまあ！」ミス・ティータイムは、つぶやいた。

膝の上にあったのは、一群れの鮮やかな黄色いプリムラ・ポリアンサだった。ブライダルブーケほどもある。植えられて間がないに違いなく、根こそぎ抜けており、二十か三十はある花が、彼女が犯人だと吹聴していた。

組んだ両手の下に隠そうとしたが、無駄だった。編み物から目を上げていた右側の女性に、今はあからさまにじろじろと見られていた。ミス・ティータイムはその女性に、キリスト教徒の殉教者のように微笑んだ。これは、詮索好きな人たちを怯えさせるには常にてきめんの効果があった。こうして再び監視の目を逃れたところで、彼女はかたわらのハンドバッグを見ながら考えた。果たしてバッグに納まるかどうか、この……。

「ははーん!」

黒い大きな靴が一足、彼女の視界に颯爽と入ってきた。ズボンだ。それも男物の。これは大変! 公園の管理人だ! 彼女は目を上げた。

「あなただと分からなくさせるつもりでしたか?」

目の前の男は皮肉っぽい称賛を込めて、立派な花を見つめていた。瞳は薄い水色で、眉は黄色がかっている。大振りの顔はすべすべして光沢があると言ってもよく、耳は異様に長い。プリムラ・ポリアンサに伸ばした手は白く、甲には黄褐色の細い毛が密生していた。親指は肉付きがよいものの、先端の細さは女性の指のようだ。

ミス・ティータイムはぎこちなく微笑んで、自分の指を花の根の下にそっと隠した。

「ひょっとして紙袋か何か、お持ちではありませんか?」

男は花を手に取って調べてから言った。

「根がまだ幾らか付いていますね。どうなるかは分からんが、もしかすると根付くかもしれない。いい考えがある――これを植えましょう。我々の初顔合わせを記念して！」

男は花壇のほうをくるりと振り返り、次の瞬間ミス・ティータイムは、仲間たちの長い列に溶け込んでささやかに輝いている花を見て、心からほっとした。

男はズボンの膝の土を払って彼女の隣に深く腰を下ろし、ベンチの端にもたれて半身の姿勢になった。男が手を差し出した。

「ジャック・トレローニーです。以後お見知りおきを」

「はじめまして、ミスター・トレローニー」

彼女は指が、あの大きな柔らかい親指で彼の手の平の中にそっと握られるのを感じた。トレローニーは彼女の手を握ったまま、次の五分のあいだに時折、話の論点を強調するかのように彼女の腕を軽く揺り動かした。

「ところで、ミス・3《スリー》・4《フォア》・7《セブン》……」彼は一呼吸置き、にこやかな笑みでたわいのない冗談に彩りを添えた。「どのようにお呼びすればよろしいかな？　略して『スリー』とか？」

「残念ながら、自己紹介の時が人生最良の瞬間だったためしがありませんの」彼女が顔をしかめて言った。「実は、苗字はどういうわけか、ティータイムといいます。本当なんですよ」

彼はあっけにとられた表情をしていたが、あわてて、どうにか親切な驚きの表情を取り繕った。

「ティータイムですか……それはそれは。でも、新鮮でいいですね。気に入りました。本当ですよ」

彼女の腕が二度揺り動かされた。「それで、お名前のほうは？」

「ルーシーです。正確にはルシーラですけど、ルシーラだとちょっとゴシック的な気がするので」

「なるほど。ルーシーはとてもいいと思いますよ。ルーシー・ティータイム。いいじゃないですか。ルーシー、お会いできて本当に嬉しいです」

　彼女は相手の癖に気づいた。彼は話す時に顔を下に向けて、ビスケット色の眉の下から見上げる。その仕草が、生真面目で人を疑わない人間だという印象を与えていた。だが、常に生気も感じられた。おそらく、自分の思いどおりに物事を進めるのに慣れているのだ。

「私に会うために、はるばる来てくださったんですの？」彼女が尋ねた。

「いや、どうっていうことはありません。だが今日は本当に天気が良くて何よりだ。あとで川のほうにでも行ってみましょうか」

「素敵ですわね」（いつか手を返してもらえるのだろうか）

「フラックス・バラ在住なんですよね？」

「とりあえず今は、こちらに滞在しています。いろいろ見て回りましたけど、とっても魅力的な町のようですね」

　彼女の手が解放された。

「何よりもまずは、あなたの住所を控えておかんと」そう言って彼は、たたんだ封筒とキャップが金張りの万年筆を取り出した。

　ミス・ティータイムは一瞬ためらった。おやおや。でもまあ、別に構わないだろう。

「ローバックホテルに宿泊しています」

　彼は感心したように唇をすぼめた。「それはいい宿だ」万年筆のキャップが外された。「だが、自宅がおありでは？　ご自分の家が」

「実を言うと、家はないんですの。とても大きな家だったので、父が他界したあとは、もっていても無意味に思えて。つまり――毎日、二十七部屋もある寝室の窓を開けて換気をするなんて、私にできるとお思いですか！」

「ウォーミング・パンの準備も大変だ！」クスクス笑いながら、トレローニーが即座に応酬した。

「そのとおりですわ。どのみち、バークシャーのエリザベス朝様式の大邸宅は、みんなが先を争って法外な値で買おうとしているんですもの。それに乗らない手はありませんからね」

トレローニーは唾を飲み込んだ。「ということは、売ったわけですな？」

「話がまとまりそうなんです」ミス・ティータイムは気のない様子で答えてから、小さな笑い声を立てて言った。「それにしても、浴室が九つも欲しい人って、どういう人なんでしょうね？」

「私なら、九畝の豆と蜜蜂の巣箱一つのほうがいいがな」夢見るような表情が、トレローニーの水色の瞳に浮かんでいた。

「イェイツの詩ですね！（「湖の小島イニスフリー」〔一八八八年〕の第一連）」ミス・ティータイムには、すぐに分かった。彼女は嬉しそうに息をついた。「郊外にお住まいですの？　ミスター・トレローニー」

「まあ、そうですね。実は私も今のところ、渡り鳥のようなものなんです。あなたと同じく」

「そうですか」

公園には人が増えていた。近くの二つのベンチにも人がいた。ひょろりとした若い牧師が、腰かけている人の顔を覗き見ながら通り過ぎた。牧師はズボンに、自転車に乗る際の裾留めをはめていた。栄養失調のホシムクドリのような牧師だと、ミス・ティータイムは思った。母親に乳母車で連れ去られていた男の子は、また自由の身になったようだ。退屈したその子は水飲み場にもたれかかり、水の噴出し口に親指を当てて、ミス・ティータイムたちに霧雨を降らせようとした。

「こらっ、きみ、やめんか！」トレローニーが大声で言った。

男の子は馬鹿にしたように彼をちらっと見てから、偉そうにゆっくりとその場を離れた。

「ああいう子らには、少々縄むち（船員などを罰するのに用いた縄）が必要だ」トレローニーはそう言うと、考え込んだ様子で長い耳の片方の耳たぶを引っ張った——その結果、面白いことに反対側の眉が持ち上がった。

「あのう……お子さんは、いらっしゃいますの？」ミス・ティータイムは、早いうちにさりげなく大事な質問を幾つか済ませたほうがいいと考えた。だが今の質問が「ウサギを飼っていますか？」というのと同じように聞こえなかったことを願った。

「ウェリントン公爵の口癖を借りれば、私の知るかぎりでは、おりません」

彼女は礼儀に則り、声を立てて笑った。

彼は自分の長く肉付きの良い太ももを見下ろし、わずかに残っていた土を払い落とした。「私は未だかつて結婚したことはありません。夫が世界中を放浪しているあいだ女性は港に停泊させられたままというのは、不公平だと思います。もちろん、航海の日々が終われば……」彼は目を上げた。

「……話は変わりますよね」

「つまり、身を固めたいと思っていらっしゃるんですね？」

彼は肩をすくめ、彼女の向こうの遠い彼方を見つめた。

「わずかな乾いた大地《テラ・ファーマ》、田舎のコテージ、古風な本物の暖炉の、暖かい火のそばのスリッパ……どれも感傷的に聞こえるでしょうが、あなたも驚きますよ。グレートオーストラリア湾を巡ったり、アイスランドかどこかの遥か沖合で行く手に氷山がないか目を凝らしたりしていると、そういったものが幾度となく脳裏に浮かぶんです」

「ええ、きっとそうでしょうね」ミス・ティータイムは心地良さそうに言った。

彼が、はっとした様子をした。「私のつまらん夢物語などお聞きになりたくはないでしょう。あなたの話を聞かせてください」

彼はまた彼女の手を取ろうとしたが取り損ない、代わりに彼女の膝をつかむ結果になった。彼の落ち着いた真剣な眼差しは、軟骨形成の状態を淡々と確認する医者の眼差しのようだった。

「お話しするほどのことは、あまりなさそうですけど」ミス・ティータイムが言った。「私の人生は全く波乱のない人生なんです——それどころか、とても過保護で。ですから、今回は私にとって画期的な脱走ですの。亡くなった父の会計士に……今は私の会計士ということになるのでしょうが……しばらくのあいだ何もかもあなたに任せて少し見聞を広めてくると話したら、大反対されましてね。でも、やっと了承してもらえたんです。出先で現金を引き出すのは私個人の口座からだけと約束して」

彼女は、彼女特有の耳に心地良い小さな笑い声を立てた。「その件ではあまり面倒を起こさないようにするから、私を信じて！　と言ってね」

トレローニーも愉快そうに声を立てて笑った。やがて彼女の膝の上から手を引いて、腕時計を見た。

「さて、それではと。食事《チャウ》に行きましょうか？」

「食事《チャウ》（「chow［チャウ］」には中国原産の犬「チャウチャウ」の意味もある）」彼女は丹念に発音した。「それはもう喜んでお供します」

「駅のちょうど反対側に知っている店があるので、どうかなと思って。そこのスキャンピ（大型海老を油かバターとニンニクで炒めた料理）が絶品なんです」

冷凍のサメの尾びれをミス・ティータイムは一瞬思い浮かべたが、頷いて言った。「いいですよ。

行きましょう」

トレローニーはさっと立ち上がって仰々しく腕を差し出し、ふたりは公園をあとにした。

その七時間後、ミス・ティータイムは溜息をつきながら言った。「本当に楽しい一日でした。ご親切に心から感謝しますわ、ジャック」

ふたりはフラックス・バラ駅の切符売り場にいた。トレローニーはベストのポケットを探って帰りの切符を取り出そうとしていた。「私こそ、本当に楽しかった」彼が言った。

ミス・ティータイムはまだ、彼がどこに住んでいるのか知らなかった。それよりもはるかに興味深いことが午後から夕方にかけて次々と生じたために、どうでもよくなっていたようだ。しかし、彼女はこう推測していた。彼はここから列車で簡単に行けるところに住んでいて、仕事（詳しくは聞いていないが）にしろ買い物にしろ、フラックス・バラに来る時はいつも列車を利用しているのだろう。

次に会う日時や場所も決まり、トレローニーは、列車が出るまで薄ら寒いプラットホームに立っていなくていいとすでに何度も言っていた。彼によれば、駅での見送りは船出の見送りよりもなお一層悪い。港では少なくとも、海のいい空気がそよいでくる。

そこでミス・ティータイムは、彼が海軍の颯爽とした足取りで改札口を通り、新聞売り場の角を曲がって姿が見えなくなるのを、微笑みながら小さく手を振って見送った。その後、彼女はすぐに向きを変え、イースト・ストリートに向かった。

ローバックホテルのロビーに入ると、フロントで身をかがめて宿泊者名簿を見ている支配人のはげた頭が、彼女の目に留まった。

「ミスター・マドックス……」

支配人が顔を上げて彼女を見るや、彼の檣頭《しょうとう》に営業用のにこやかな笑みが浮かんだ（もうよさないと、本当に。船関連のこういう無意味な比喩は。ミス・ティータイムは自分にきつく言い聞かせた）。

「ミスター・マドックス、内々にちょっとお話があるんですが、よろしいですか」

周囲を気にしながら、支配人は彼女をオフィスに案内した。

「私、警官につきまとわれていますの」

「そんな馬鹿な！」

「間違いありませんわ。あら、でも、そんなにご心配なさる必要はありません。私、慣れていますから。警察に、いわゆる尾行されることに」

心配そうな支配人のしかめ面が、唖然とした表情になった。

「お話ししておいたほうがいいと思ったんです」ミス・ティータイムは穏やかに話を続けた。「ああいう方たちは必ずしも、ご自分たちが——そして私も——望むほど、人目に付かなくはないんです。ですから、彼らが周囲の好奇心を刺激してしまっても至極当然です」

「当然です」困惑気味のマドックスは、オウム返しに繰り返した。

「ご理解いただいて、とても嬉しいですわ。何しろ私自身は自分の身は自分で完璧に守れると思っていますが、イギリスでは女性は金持ちであっても安全でいられるのだと、警察署長たちを説得できる人などいないでしょう」彼女は突然何かを思い出したかのように、クスクスと笑った。「あのかわいそうなサー・アーサー……。彼は絶対に思い込んでいるんですよ。私がティータイム・エンジニアリングの固定資産を、そっくりハンドバッグに入れて持ち歩いているって！」

その途方もない思い込みの話に、マドックスは遠慮なく大笑いした。彼は明らかに、何はともあれ安心した様子だった。

ミス・ティータイムが彼に挨拶をして「寝る前の緊張ほぐし」なる物を求めに立ち去ると、彼は翌朝彼女に渡すつもりだった請求書を、吸取紙の下から取り出した。彼はそれを眺めたあとで丸め、紙くずかごに放り込んだ。

第十一章

パーブライトは、ラブの失態報告を穏やかに聞いていた。その穏やかさは、ラブの願いをはるかに超えていた。パーブライトが怒りっぽい人間だったというわけではない。それどころか署長を始めとして大半の人たちが、彼は警察官にしては、しかも責任ある地位の警察官にしては不自然なほど温和だと思っていた。しかし、彼の温厚な物腰には皮肉たっぷりの如才なさがあり、そんな彼の前では、見かけ倒しの主張や空威張りはことごとく木っ端みじんになっていた。彼の温厚さに付け込み損ねた人たちが言うパーブライトの「辛辣さ」は、愚かな人たちを不安にさせた。

「状況を考えるかぎり、仕方なかっただろう」彼はラブに言った。「育ちの良いご婦人方が裏階段を使ったりするとは、誰も思わんからな。だが我々は、思っていたよりもはるかにミス・ティータイムが目ざといことを、覚えておく必要がありそうだ」

「彼女だって後ろめたさを感じてるに違いありません」ラブが陰気に言った。

「そうとは限らんよ。誰も、こそこそ付け回されたくはないからな。純粋に道徳的見地から言えば、私だって付け回すことには大反対だ。きみをまいて逃げるとは、彼女を見直したよ」

「でも、それは――」

パーブライトは手を振って、ラブの憤慨を却下した。「いや、とにかく今は、見張りをどうやって強化すればいいか考えるほかはない」

「私が同時にホテルの両側を見張るのは無理です」

「まず無理だな」パーブライトは振り返って、後ろの壁にピンで留めてある市街図を見た。彼はローバックホテルを見つけると、その場所に指を置き、その周りの路地を吟味した。彼が首を振った。

「だめか……一種の共通因子があるかと思ったんだが――彼女がどっちから出ようが、必ず彼女の姿が見える場所が。だが、ないな」

「裏口を誰かに見張らせればいいんじゃないでしょうか」ラブが提案した。

「ホテルを包囲するっていうことか?」

ラブは、きょとんとしていた。

「問題は」と、パーブライトが言った。「使える人員がプークしかいないのだ」

パーブライトの言い方だと、「プークしか」は、非実在物に限りなく近い物を表わす物理学の公式のように聞こえた。

「彼を裏口に立たせておくのはどうでしょう。一種の止め役として。つまり、彼の姿がはっきり見えれば、今日は彼が担当だと思って彼女は急いで正面玄関に回るだろう、というわけです」と、ラブは自信がなさそうに締めくくった。

パーブライトは溜息をついた。「やってみるしかないな。いいかね。これは見込みがあるかもしれないぞ。その日に限ってきみの尾行をかわすには、それなりの理由があったはずだ。誰かが餌に食いついたんじゃないかな」

「そいつが歩くことに慣れてるといいんですがね」

　ドアをノックする音がして、受付当番の巡査部長の顔がドアから覗いた。

「ご婦人が、例のミス・レキットの件で担当者にお会いになりたいそうです。お話を聞いていただけますか？」

　ラブは部屋を出る前に、この女性はまるでマスタードの壺のようだと思いながら、黄色の短いコートを着た、でっぷりとした女性のためにドアを押さえていた。パーブライトは立ち上がって、女性が座る椅子を用意した。

「ええと……」

「ハドルストーンと申します。ミス・ハドルストーンです。新聞に友人のことが出ていたので……。お話を伺えるかと思いまして。あの記事は……。つまり、行方不明になっているということなんでしょうか？」

　眼鏡をかけた丸い紅潮した顔には、緊張の色が見られた。パーブライトは、樽形の女性たちは首が短いために見上げるのが大変なことに気づいた。彼は椅子に戻って腰を下ろした。

「マーサ・レキットのご友人なんですね？　ミス・ハドルストーン」

「そうです、はい。もう随分前からの友人です」

「それで、お住まいはフラックス・バラですか？」

「いいえ、ダービーです。でも、新聞で彼女の記事を見ました」彼女はワニ革のハンドバッグを開けようとしていた。

「それで、ご心配なんですね」

「ええ、もちろんです。どう考えたらいいのか分からなくて……」彼女はハンドバッグから顔を上げずに、パーブライトに新聞の切り抜きを渡した。まだ何かを探しているようだった。「ああ、ありました」

彼女の手には手紙が握られていた。パーブライトは切り抜きをちらっと見てから、すぐに彼女に返した。

「マーサと私は、最近はそんなにしょっちゅう会ってはいないんです――以前のようには――でも、手紙は時々書いて、近況を知らせ合っています。彼女は今何がどうなっているかを逐一、書いてよこします。申し上げたように、私たちは本当に古くからの友人なので当然ですが。でも、最後にくれた手紙には――」

「それは、いつのことですか？」

「ええと、二、三カ月前だったと思います」彼女は手元の三枚の便箋を見た。「そういえば、日付が書いてありません。一月です、たぶん……。それはともかく、先程の話の続きですが、この最後の手紙には本当に驚きました。あのマーサが、と思って。彼女はその男性に出会ったんです。ちょっと待ってください……ああ、ジャイルズ何とかという名前の男性です。ジャイルズとしか書いてありません。そして、彼と結婚するとまで書いてあって――」

「そのことに、あなたは驚いたんですね」

「そうです。マーサがそういう方面のことを考えているなんて全く知りませんでしたから。でもここには、婚約指輪や、このジャイルズという男性が彼女を連れて行きたがっているコテージについても書いてあります。たった一つ私が驚かなかったのは――彼はどうも牧師らしいということです。マーサは、とっても牧師に惚れっぽかったんです。教会の仕事にも、あれこれ首を突っ込んでいました

――日曜学校とか、そういったものに――」

「その男性の教会はどこそこにあるらしいとか、言っていませんか？」パーブライトが尋ねた。

ミス・ハドルストーンは首を横に振った。「手紙はこれからお見せしますが、それについては何も書いてありません」

「お尋ねした理由は、たまたま地元の教会で聞き込みをした際に、周辺のどの教区にも、ミス・レキットの名前にさえも心当たりがあると言った独身の牧師はいないので」

次第に表情が元気づいていたミス・ハドルストーンが不意に背筋を伸ばし、厳粛な面持ちになった。

「それでは警察は、この……この失踪の件を、真剣に捜査してくださっているんですね？」

「真剣にやっていますから安心してください」

彼女は、しばらく黙っていた。やがて身を乗り出し、パーブライトに手紙を渡した。

「何かお役に立ちそうなことが書いてあるか、ご覧になってください。申し上げておきますが――ちょっと胸が悪くなるような箇所もありますので……。いえ、そうではなくて――ひどい言い方をしてしまいました。以前は決してそういうことは書かなかったというだけの話です。ああ！　かわいそうなマーサ……」

手紙の中でミス・レキットは、最も重要な知らせは最後まで取っておいていた。

……ところで、重大な秘密を打ち明けるわね。あなたがここにいたら、もちろん自分の目でその秘密を確かめてもらえるのだけれど――正確に言えば、秘密の光り輝く物的証拠をね。可愛らしいダイヤモンドが五つ、一列に並んでいるの。この便箋のそばに置いたこの手の薬指に。この五つの綺麗なダイヤは何を意味してると思う？　それはね、G—I—L—E—S。ああ、エルシー。彼はとても堂々とした体格の男性でね。力が強いうえに優しくて聖職者にぴったりだし、楽しい場ではユーモアたっぷりなのよ。田舎は彼が最も愛しているもので（私の次にっていうことだけどね。決して、うぬぼれではないと思うの）、ふたりで住もうと言って、びっくりするような可愛らしいコテージを見せてくれたわ（遠くからだけど——まだ人が住んでいるので）。ねえ、エルシー、コテージがどこにあるか当ててみて。私からは言わないから。最近のあなたの記憶力はどの程度かしら——私が「カニを捕まえる《キャッチ・ア・クラブ》」って言ったら、どこが思い浮かぶ？　ほら、思い浮かばないかしら——勘が良ければ、ジャイルズと私がまさにどこで暮らすつもりか分かるはずよ。コテージと言えば、自動車が好きだった当時、ダンおじさんのお金に手を付けなくて本当に良かった。国教財務委員会の認可を待っていたら、絶対に他の人に先を越されてしまうわ。本当に素敵な「めっけ物」なんですもの、ジャイルズが言うように（まるで牧師らしからぬ言葉遣いよね！——でも、彼がこんなふうに言う気持ちはよく分かるの）。さてと、エルシー。私の重大発表は、これでおしまい。どうか喜んでもらえますように。では、ある紳士と大切な約束があるので、これでペンを置きます。

あなたの変わらぬ親愛なる友

マーサ

パーブライトが目を上げると、ミス・ハドルストーンが心配そうに彼を見つめていた。

「あまりお役に立たなかったんですね」彼女が言った。

「期待したほど参考にはなりませんでした。だが一つ二つ、興味深い点があります」彼はもう一度、最後のページにざっと目を通した。「このコテージですが……」

「場所は書いてありません」

「ヒントを出していますよね」

ミス・ハドルストーンは嘲笑するように小さく息を吐いた。「ええ、マーサはいつもそうなんです。ヒントを出すんですよ。何でも謎めかすのが大好きで」

「だが、このヒントは明らかに一風変わっていますよ。『カニを捕まえる《キャッチ・ア・クラブ》』。全く何も思い当たりませんか?」

彼女はじっと考え込んでいたが、やがて、ゆっくりと首を振った。

「漕ぐことに何か関係がありそうですが」パーブライトは諦めなかった。「つまり――ボートとか。『キャッチ・ア・クラブ』には、オールが水をとらえ損ねてひっくり返るという意味もあります。そういう出来事に心当たりはありませんか?」

「私は生まれてこのかた、ボートを漕いだことはありません」

さもありなんとパーブライトは思った。「ミス・レキットはどうでしょうか? 彼女と一緒に川に出かけたことはないですか?」

またしてもミス・ハドルストーンは心許ない表情になった。やはり彼女は、川やボートにまつわることは何も思い出せなかった。

「気になさらないでください」パーブライトも、ようやく諦めた。「だが常に頭の中で思い起こしていただきたいんですが。ふと何かが思い浮かぶかもしれません」

彼女は諦めずに考えてみると約束した。

「ところで別件なのですが」パーブライトが先を続けた。「彼女が言っているこのお金については何かご存じですか？」

「ええと、そのダンおじさんが彼女に残したお金だということしか知りません。私は、そのおじさんには会っていないと思います」

「それは二、三年前ですか？」

「かなり前です。十年ぐらいですか？十年ぐらい前だと思います」

「大金だったんでしょうか？」

「どれぐらいを大金と呼ぶかによりますが、三百か――ひょっとすると四百か。でも彼女はそれをずっと銀行に貯金していましたから、その分の利息も付いているでしょう」

パーブライトは頷いた。ミス・ハドルストーンから得られる情報は、もうあまりないようだ。彼は相手の住所を書き留めてから、マーサの行方が分かった時には知らせると伝えた。ミス・レキットに関する楽観的とは程遠い自分の見解は、何も話さなかった。

ミス・ハドルストーンは、切り株のような身体で足早にドアへ向かった。パーブライトがドアを開けたが、彼女は立ち止まって、ぽっちゃりした小さな片手を見下ろした。一体どうやってこの手をこの手袋に入れたのか不思議に思っているかのようだった。

「あのう、私はどうも、この牧師の感じが好きではないんです」彼女が控えめに言った。

パーブライトはドアを押し戻した。

「好きではない？」

「と言っても、先入観もあるんですけど。私は昔から牧師があまり好きではないんです。あの黒いモデスティ・ベスト（女性用の胸元を隠すベスト）のような服と言い……ロウソクや衣装戸棚のにおいと言い……」

パーブライトは相手の次の言葉を待った。

ミス・ハドルストーンは毅然とした態度で鼻をすすった。「いいえ、実際には牧師だからどうのという問題ではないのでしょう。ただ私なら、牧師の身で性急に求婚するなんてと思ったでしょう。それに、一体どうして彼はコテージを買いたいと思うんでしょう？　住まいは教会が用意してくれるものだと、ずっと思っていました」

「それが普通だと思いますよ」

「ほかにもあります。友達なのにって思われてしまうかもしれませんが、現実的に考えてマーサは、言ってはなんですが、格好の結婚相手ではありません。どうしてダイヤの指輪なんかを――」

「ミス・ハドルストーン、あなたは先程、ご友人は教会の仕事に熱心で、その仕事を通じて出会う人々を――確か牧師だったかと――称賛する傾向にあるとおっしゃいましたよね」

「はい、言いました。牧師に惚れっぽかったと」

「彼女と親しい牧師がいたかどうか知りませんか？」

「すぐにはちょっと」

「考えてみてください」

「そういえば一人いますが、彼は正式な牧師のうちに入るのかどうか。でも、ふたりは親しいですよ。実は、その若者は私と同郷なんです」

「ミスター・リーパーではありませんか？」

「ええ、そうです。彼はノースゲイトのつまらない場所によく出入りしています。私は、チャルムズベリーにいた子どもの頃の彼を覚えていますが、ニンジンのような鼻をした、一風変わった少年でした」

パーブライトも昔の彼を覚えていた。七年前、レナード・リーパーは『チャルムズベリー・クロニクル』紙の若手記者だった。天職だったが、爆弾で破損したスタンリー・ビガダイクの死体を発見したあとの神経の不調が原因で（主には編集主任の不調が原因だったが彼自身の不調もあって）職を辞した。その出来事が必ずしもレナードの心を混乱させたとは言えないものの（「彼はそもそも全く抑制が効かなかった」と編集主任のミスター・ケブルは断言した）、すでに病的に過敏だった気質に拍車をかけ、断食や鞭打ち苦行を熱望する彼をオックスムーヴという団体——かのノースゲイト伝道所のいわば経営者であり、『プリーチャーズ・ダイジェスト』誌の発行所——が主催する神学短期集中コースに向かわせたのは確かだった。

「リーパー尊師か」パーブライトは噛み締めるようにつぶやいた。前日に、ミセス・ストーンチの結婚相談所が入っている建物からリーパーが出てくるのを見かけたばかりだった。

「私はレンが言うことをあまり信用しないんですよ」ミス・ハドルストーンが言った。「つまり、もしも彼から話を聞いてみようと——」

「いいえ、関連がありそうか考えていただけです。まだまだ予備調査の段階なので」

「捜さなければならないのは、このジャイルズという人物です」ミス・ハドルストーンが、きっぱりと言った。「それは確かです」

＊原注・*Bump in the Night* 参照

「おそらく、あなたのおっしゃるとおりでしょう」

パーブライトはあらためてドアを広く開けて軽く会釈をし、廊下を急ぎ足で帰ってゆく彼女を見送った。

「忘れないでくださいね」彼は大声で声をかけた。「『キャッチ・ア・クラブ』の件を」

前を向いたまま、彼女は片手を小刻みに振った。

第十二章

プーク刑事はローバックホテルの通用口の向かいの路地で直立不動のまま、ホテルの厨房から漂ってくる美味しそうな朝食の香りを大きく吸い込んだ。彼は、目に付きやすく、しかも公務員らしく見えるようにという指示を受けていたが、その指示を忠実に実行していた。

十時少し前に、厨房の開いている戸口に人影が見えた。コートと帽子姿の女性がホテルの従業員二人に何か話しかけている。従業員たちは笑いながら返事をした。一人が脇に寄り、女性が微笑みながらドアから出てきた。

女性は、ラブ巡査部長の説明に合致していた。プークは気を引き締め、人目に付く場所に立った。

ミス・ティータイムは狭い裏庭の出口まで来ると、立ち止まって片手の手袋をしっかりとはめ直した。

プークは爪先立ちになってわずかに身体を揺らしながら、両手をレインコートのポケットに突っ込んだ。

ミス・ティータイムは彼のほうをちらりと見たが気に留めるふうはなく、もう片方の手袋に注意を向けた。

プークはさらに大きく身体を揺らし、一、二度、背中を丸めて胡散臭くこそこそと路地の左右を覗き込んだ。彼がミス・ティータイムのほうを振り向くと、彼女はプークに愛想良くかすかに微笑んでから、視線を落として靴も完璧か点検した。

これ見よがしにプークはポケットから紙切れを取り出し、それとミス・ティータイムの顔を、この人物か確かめているのだといわんばかりに交互に睨みにかかった。同時に彼は顎をひねって不屈の意志と抜け目のなさをほのめかし、首の後ろが疼き出すほど片方の眉を上げて、怪しんでいる表情を作った。

ミス・ティータイムはその演技を数秒間、いかにも同情心から好ましく思っている様子で眺めていたが、やがて軽やかな足取りで路地を歩いて行った。

プークは唖然として、遠ざかってゆく彼女の背中を見つめていた。

覚えているかぎり打ち合わせでは、こういう状況になった場合の指示はなかった。ミス・ティータイムは彼の姿を見て即座にその恐れ多い職業に気づき、ラブのいつもの監視区域へ取って返すはずだった。だがこうなったからには、どうする？

まっさきに思いついたのは、ホテルじゅうを走り回ってラブを捜し出すことだった。しかし、この短い路地はすぐにほかの路地にぶつかり、その先は逃亡ルートが半ダースはある。とにかく彼女を見失わないことが大事だ。ホテルで待ち受けているに違いないポーターやキッチンメイドを始めとする妨害者たちと悶着にでもなったが最後、希望はついいえる。そうなれば、お手上げだ。自分が彼女をしょいこむしかないか。まいったな……。

ミス・ティータイムは追っ手の重い足音を耳にして、笑みを浮かべた。だが、あのピンク色の頰の好青年はどうしたのだろう。たぶん今日は非番なのだ。

彼女は角を曲がり、プライオリー通りを突き当たりまで歩いてから、路地を横切ってイースト・ストリートに入った。ローバックホテルからは少なくとも三百ヤードは離れていた。彼女は二十分ほどゆっくりとウィンドーショッピングをしながら、徐々にブラウン&デレハムズ・デパートへと歩を進めていた。

プークは彼女がデパートに入るのを見て、距離を縮めようと急いだ。店に入り、すぐに立ち止まって売り場を見回した。今ではすっかり見慣れたピンク色の帽子が、売り場を三箇所ほど隔てた先から彼の注意を引いた。彼は店の奥へと入っていった。

プークはミス・ティータイムのあとを追い、広いがやや奥まった売り場の中央に着いて初めて、そのあたり一帯がファウンデーション売り場であることに気がついた。

彼は何か商品を見ようかとあたりを見回したが、彼の見せかけの興味は、その場にふさわしいとはとても言えなかった。見る物は何もなかった。あるのは繭《まゆ》にぴったり覆われたような、たくさんの胸と腹と臀部だけだ。プークに詩心があったならば、自分は膨大な数の繭の只中にいて、ついにはセントラル・ヒーティングによって蛹《さなぎ》が羽化して右乳房のないアマゾン族（ギリシア神話に登場する勇猛な女人族。弓や槍を扱いやすいように右乳房を切り取ったという）になると思い描いただろう。だが彼の場合は、そういう興味をそそる空想が湧いて気恥ずかしさが紛れることはなかった。

やがて、罪悪感に苛まれているようなプークの様子を見かねた売り場主任が彼のもとへ行き、何かお探しですかと意味ありげに尋ねた。プークは何も言わずに彼女を睨みつけた。

売り場主任はミス・ティータイムのそばを通る際に、あきれたように両眉を上げた。

「ああいう人たちをフェティシストって言うんですね」ミス・ティータイムが、にこやかに言った。

しばらしくしてミス・ティータイムはぶらぶらとエレベーター乗り場まで行き、乗降口の近くに立った。プークも付いてゆく用意をしたが、戦略上、数人の女性を先に並ばせた。

乗降口が開いた。ミス・ティータイムが乗ったあとに女性たちが続き、プークが最後だった。彼はエレベーターガールのそばに無理に乗り込まねばならず、血色が悪くて怒りっぽいその若い女性は五階までずっと、彼女の柔らかな肢体に下心があるに違いないという非難の目を彼に向けていた。

最上階の五階で戸口の乗客から順に降り始め、プークは人の流れに数ヤード押し流されたところで、ようやく振り返ってミス・ティータイムの様子を見ることができた。彼女はまだエレベーターに乗っていた。人を押しのけて戻ろうとする彼の耳に、扉が閉まってエレベーターが下り始める時に、彼女が傘を置き忘れたとか言っている声がかろうじて届いた。プークは大急ぎで階段を探した。

「まあ、私ったらバカみたい！」二秒後にミス・ティータイムが声を上げた。「今日は傘は持ってこなかったんだわ」

エレベーターガールは手荒くレバーをまずは「停止」に、その後「上昇」に合わせた。「全くもう、はっきりしてくださいな！」

「本当にごめんなさいね」ミス・ティータイムが言った。

あらためて五階で彼女はエレベーターを降り、きびきびした足取りで寝室用家具の売り場を抜けてカフェテリアとカーテン素材売り場の脇を通り、プークとは別の階段を下りてピール・ストリートに出た。

ミス・ティータイムが追悼記念公園に着いた時、トレローニー中佐は（彼は最初に会った日にしぶしぶ階級を明かしたが、それは、ミス・ティータイムがとても知りたそうにしていたからにほかならない）花壇の花が見えるように、帆柱を回転させるごとく、座っている向きを変えるところだった。

「おかしな話ですけど、その花はもう『ふたりの花』っていう気分です」

彼が顎で示した先には、彼が土に戻したあの一群れのプリムラ・ポリアンサがあった。そのしおれた花で、すぐに見分けがついた。

「また元気になりますよ」

「是非とも、そう願っています」ミス・ティータイムが言った。「私、時間に遅れていませんよね？」

「ええ、今日は少し早く来たんです。遊ぶのは仕事のあとって言いますがね。銀行の支店長のような人たちとの話は早く済ませるほど、その日の残りの時間が輝いてみえる」

「あの人たちは本当に退屈な人たちですわね」ミス・ティータイムが同意した。「近頃は、することものろいし。そう思いませんか？　それとも私の気のせいかしら？」

「快速帆船とは言えんな、確かに。でも場合によっては、とてもすばしこい銀行もあるんです。こっちが船倉に現金を持っていさえすれば、銀行はすぐにでも舵のままに動くものですよ」

ミス・ティータイムは微笑んで、おっしゃるとおりだと思いますと言った。銀行のことは自分にとってそれほど大事な問題というわけではありません。大金を使う必要性は全くないし、すべて今のままで充分満足です――適切に「有価証券」に投資してありますから。何になのかは知りませんが。ミス・ティータイムは、そう話した。

トレローニーは愉快そうな表情をした。「本当に、投資先については何も知らないんですか？」

「それを知るには厄介な件が山のようにあることだけは、知っています。たとえばロンドンまで出なければならないとか。現地であれこれ自分で署名もしなければならず、そのあとは決まってマデイラ・ワインをほんの一口飲んで、みんながジェームズ氏とかチャールズ氏とか呼ばれて。きっと、あなたには想像もつかないことと――」

「いや、想像はつきますよ。私の会社の一つも、そんな感じだから。未だにステーキハウスで年次株主総会を開いてるんです。タンカード（取っ手とふた付きの金属製の大ジョッキ）でポーター（焦がしたモルトで作る黒ビール）を飲みながら、いわゆる議長のホラ話やら――」

「まあ楽しそう！」

「――もちろん、議事録に署名もしますがね……」

「ええ、もちろんそうでしょうとも！」

「……それにしても信じられますか。一株でも現金化するには、特別な要請書に記入して、英国国教会の牧師やイートン校の校長《ヘッドマスター》や『タイムズ』紙の編集長に署名してもらわねばならんとは！」

「信じられません！」ミス・ティータイムが声を立てて笑った。「とても信じられませんわ！」（面白がって笑いながら、彼女は、はてなと思った。イートン校の校長《ヘッドマスター》……それが正しい肩書だろうか？　まあ気にしなくていい。些細なことだ）

しばらくのあいだ、ふたりは上機嫌に談笑していたが、やがてトレローニーが、川辺を楽しく散歩していれば、おなかがすくでしょうから、そうしたら昼食にしましょうかと提案した。ミス・ティータイムもそれに同意し、ふたりは、緩やかに下りながらフラックス・バラの港湾地区シャームズへと向かう、時代遅れの店が立ち並ぶ通りに入った。

その一帯には、かつては裕福な海運商や引退した商船長たちが住んでいたが、港の景気の衰退とともに、彼らのやや簡素な大邸宅はアパートか下宿屋になっていた。そして大陸では売春宿と呼ばれる、戸口や窓辺に肌着姿の男性や髪にカーラーを付けた不機嫌な女性の姿が見え隠れするあの気の滅入る施設が、イギリスのここにも点在していた。

「船と同じ堅パン暮らしなんだろうな、この連中は」と、トレローニーが、通り向かいの馬券売り場の外でくつろいでいる住人たちを見ながら言った。「私が田舎を好む理由の一つは、これです。田舎ではドアを開け放しておきたければ、そうできるし、せいぜい新鮮な美味しい空気が入ってくるぐらいで支障はないですからね」

ミス・ティータイムはなるほどそうですねと感心して応じたが、田舎よりももっと安全な避難場所があると、話を持ち出してみた。

「それはどこです？　ルーシー」

「あなたもご存じのはずです」そう言いながら、彼女はトレローニーの腕にかけた手に軽く力を入れた。

「教えてくださいな」

「船です。小さな船」彼女は妊娠を告げる女性以上に、はにかみながら答えた。

トレローニーは顔をしかめたが、同時に、うまく鷹揚な表情を取り繕った。

「ああ。でも実際問題として難しい点がたくさんありますよ。まずは乗組員を集めなければならない。その際は、いいですか、注意が必要だ。ほかにも……そうそう、港湾使用料とかいろいろ。それに操縦の件も。その件は考えたことがおありかな？」

「あのう、私が言うのは大きな船ではないんです。思っていたのは、確か業界で四十フィートヨットと呼ばれている船だったんですけど」

「おやおや！　すでに専門用語をご存じなんですね！　なるほど……」トレローニーは目を見開いて彼女を見つめた。ふたりの足取りが遅くなり、やがてふたりは足を止めた。すでに埠頭に出ていた。錆びた古い沿岸輸送船の船尾が、ふたりの頭上に高くそびえている。

繋船柱《けいせんちゅう》にもたれて彼女にひたすら見入っているトレローニーの顔に、彼女にもいたずらっぽい笑みだとすぐに分かる表情が浮かんだ。

「何か企んでますな！」トレローニーが言った。

彼女は微笑みながら、沿岸輸送船のだらりと垂れた赤い旗を見上げた。「もうお話ししなければなりませんわね。でも、お笑いになってはいけません。たとえ私が出来の悪い新米水夫でも、私を笑うのは許しませんからね」

トレローニーは、さっと右目に手を当てて言った。「ネルソン提督の名誉にかけて！」彼は今まで以上に、いたずらっぽく見えた。それから不意に真剣な表情になった。心配そうでさえあった。「話してください」

「実はですね」ミス・ティータイムは、手袋をはめた手でハンドバッグの留め金を磨きながら言った。「ことの始まりは父なんです。父は、とても素敵なキャビン・クルーザーをもっていて――確か四十フィートトヨットと呼んでいたと思いますが――家の前のテムズ川に係留していました。もちろん父が病気のあいだは使っておらず、その後、父が他界し、遺産の件であれこれ処理する事柄があったために、私はレジャーボートのことなど考える気分では到底ありませんでした」

トレローニーは、いたわるように頷いた。

「それで、父の古くからの仕事仲間にお譲りしたんです。よく父と一緒に海に出ていた人で、そのクルーザーをとても欲しがっていましたから。私はそれの値打ちは分かっていました。評価額が二千三百ポンドだったので。それでも、二年前に買った時の金額の半分ちょっとにすぎません。ただ、ミスター・ケンブリッジは暮らし向きがすごくいいわけではないのも分かっていたので……それで、五百ポンドでお譲りしたんです。彼はお気の毒なほど恐縮なさって、万一彼が手放したいと思った時は――何と言いましたか――『復帰』でしょうか？――クルーザーは同じ金額で私に復帰することを約束すると言って、ききませんでした。

それはともかく、私はミスター・ケンブリッジの娘さんから手紙を頂いたんです。彼は入院中で、その些細な約束のことをとても気にかけているそうで。でも、ここだけの話ですが、彼はお金にひどく困っています。私はすぐに娘さんに手紙を書いて、クルーザーをできるだけ高値で、ただし一ペニーたりとも二千ポンドを下回らない値段で売るようにと伝えました――」

ほとんど目に留まらないほど一瞬、興奮した表情がトレローニーの顔をよぎった。

「――すると、その娘さんから馬鹿げた返事が来ました。それはできない――クルーザーは私に引き取ってもらうか、さもなければ、ほかの誰にも売らない。気持ちは変わらない、絶対に、と言うんです。どうしてそれほど頑固な人がいるのか、理解できます？」

トレローニーは、自分も全く理解できないという顔をした。

「でも、実はですね」と、ミス・ティータイムが付け加えた。「誘惑に勝てそうもないんです。こうして水を見ていると、ルーシーが――父がクルーザーに私の名前を付けたことは申し上げましたかしら？――そのルーシーが、マストにあのグルグル回る小さな面白い物を付けて滑るように進んでゆく姿が目に浮かんで……」

「レーダーが付いているということかな？」

「何と呼ぶのかは知りませんが、それがあれば霧の中でも進めるとか。とにかく、ルーシーは本当に美しい船で、私は是非とも……」

彼女は言葉を切り、不意に考え込んだ様子になった。

「是非とも？」トレローニーが先を促した。船は、先を聞かずにはいられない話題になっていた。

しかし、ミス・ティータイムは黙ったままだった。

「あなたは今」と、彼はまた茶目っ気を出そうと精一杯努めながら言った。「心に秘めた大きな望みを明かしてくれたんですね。そうですよね？　つまり、あなたは舫《もや》いを解きたいと願っている」

彼女は頷いた。だが何かがまだ、彼女を苦しめているように見えた。

彼は尋ねた。「そのルーシーのことがずっと頭を離れなかったんですか？」

「いいえ、そうではありません。あなたへの手紙に私の……私の大きな望みについて書いた時は、念頭にあったのは間違いなく海のことと、ナポリやマルセイユや、それにモザンビークのような素敵な場所に――叶うならば冒険を共にできる人と一緒に行きたいということでした。ルーシーのことが頭に浮かんだのはそのあと、ミス・ケンブリッジの手紙を受け取った時なんです。ああ、でも、だめ――それはだめ。そんなことできません。病気の老人に付け込むような真似は」

「さあさあ」とトレローニーが素っ気なく言った。「そんなふうに考えてはいけない。老人は誇り高いんです。彼らが正しいと思っていることに逆らうのは、思いやりに欠けますよ」

「ああ、ジャック」彼女は溜息をついた。「あなたはとても男らしくて、こういう問題にも良識がおありなんですね。きっと今まで——ええと、よく分かりませんが——嵐とか部下の反乱とか、そういうあれやこれやに対処してきたからでしょうね」

彼は声を立てて笑った。彼女も微笑んでいたが、次の瞬間、彼女は元気のない様子で遠くを見つめ、つぶやいた。「どうして、あなたにこんな話をしたんでしょう。どのみち私には何もできないのに」

「簡単ですよ。ミスター・ケンブリッジに代金をお送りなさい。それで、彼の良心の呵責を和らげてあげればいい」

「そういうわけにはいきません。簡単ではないんです。私には今、それだけのお金がありません」

トレローニーは、心配ないというように手を振った。「どのくらい時間がかかるのかな？　一週間？」

「いいえ、もっとかかります。ことによると三週間は。お話ししたように私の財務顧問の会社は頭が古くて、細かいことに極端にうるさいというか。どんな手続きにも二週間以上かけないと気が済みません。その頃には……もう手遅れです」

「手遅れとは、どういう意味です？　まさか彼はもう命が危ないとか？」

「そうではありません。でも、全く別の意味で深刻な状態です。彼がお金を借りている人たちが差押令状とやらを申請したようなんです。ミス・ケンブリッジによれば、令状が発行されると、一週間以内に売却されない場合、クルーザーは押収されるそうで」

「それは困った！」トレローニーは考え込んだ様子で繫船柱から身体を起こし、彼女の腕を取った。ふたりは黙ったまま、汽水域へ続く水門のほうへとゆっくり歩いて行った。

水門の間近に来たところで彼は足を止め、眉を寄せながら彼女のほうを向いた。

「もしもですね」彼が言った。「私がクルーザーを買えば――」

彼女は即座に首を振った。「彼が絶対に、そうさせは――」

「ちょっと待ってください。つまり、私が買えば――ただし、あなたの名前で――」

「おっしゃっている意味がよく分かりませんが」

「要するに、彼にあなたが買い手だと思わせるんです――もちろん、値段は約束の金額、五百ポンドで――実際にお金を出すのは私ですがね」

「でも、ジャック。そんなこと、とてもあなたにお願いなどできません。あの方たちと知り合いでもないあなたに」

「私はあなたとは知り合いですよ、ルーシー。それに、私には人を見る目があると思っています」

彼女は謙遜するように下を向いた。

トレローニーは彼女の手を取った。「ルーシーが私の操縦でこの川を進んでゆくんですよ。どうです？　どんな運命が待っていようとも、ルーシーに一緒に乗船してくれますか？」

「ああ、ジャック！」彼女の瞳は喜びに輝いていた。

「実を言うと、今日はいずれにせよ、その件をお願いしようと思っていました。つまり、私たちふたりのことを。ふたり一緒に航海してゆこうと」

ミス・ティータイムが心を動かされたのは明らかだった。

トレローニーは、元気づけるように彼女の手を握りしめた。

「ところで」と、彼が言った。「あなたに打ち明けることがあるんですよ。なぜ私がたまたま五百ポンドの融通がついて、クルーザーを所有している老人たちにいつでも善行を施せるのか、お分かりかな？」

　彼は、とてもひょうきんだった。ミス・ティータイムは噴き出さずにはいられなかった。

「なぜかというと、私は自信満々な男なので、あなたをひと目見るや心の中でつぶやいたんです。あの女性はお前の妻になるひとだ。となると、彼女は田舎の小さなコテージで暮らしたいと願うだろうと！──もちろん、その時には分からなかった。あなたが船乗りだとは！　分かるはずがない。コテージだ、と私は思ったんです。あの素敵な女性が望む物は。そして、いいか、ジャック。お前はぴったりな場所を知っている──」

「本当に？」と、ミス・ティータイムが声を上げた。

「本当ですとも。そのコテージは売りに出ていて、不動産業者の話だと──ちょうど今朝、向こうからそう言ってきたんだが──手付金として五百ポンドを払えば、確保しておいてくれるというんです。そんなこんなで朝っぱらから町に出てきたというわけですよ！」

「その手付金は、もうお支払いになったんですの？」彼女は興奮のあまり、頭が混乱していた。

「実際には、まだなんです。現金が明日にならないと用意できなくて。だが業者とは、ちゃんと話がついています。視界良好。障害物なし、ですよ」

「まあ、ジャック。何て素敵なんでしょう！」彼女は一瞬、言葉を切った。「でも、クルーザーの代金が……つまり、それを払って、さらに手付金まで支払えますの？」

　トレローニーは彼女の腕を取った。

「その件については」と彼が言った。「昼食をとりながら、少し協議をする必要があるな」

第十三章

「忌々しいほど美味しい海軍食」とトレローニー中佐が評した食事を済ませ、ふたりが客の姿のない狭いロビーに引きあげると、リバーサイド・レスト・ホテルの経営者の女性がコーヒーを持ってきてくれた。

ミス・ティータイムは、連れの、今はかすかにけだるそうな優しい視線に見守られながら、コーヒーを注いだ。

「あなたのそういう姿がとても好きですよ」トレローニーが言った。「実に女性らしい。実に家庭的だ」

「実に平凡です」ミス・ティータイムは嬉しそうに訂正した。

「もしもあなたが船上で人生を過ごして、ロビンソン・クルーソーのような風体の男たちから大きなマグにこぼれんばかりに紅茶を注いで渡されていたら、そんなふうには言わないだろうな」

「ええ、そうでしょうね」彼女はそう言って、トレローニーの前にカップを置いた。

食事中はクルーザーやコテージの今後の話は何も出ず、ただ、トレローニーがクルーザーの評価額を何気なく彼女に確かめただけだった。二千三百ポンドでしたよね？　そうです、と彼女も同じように何気なく答えていた。

トレローニーは片方の長い耳を掻き、薄い砂色の髪をなでつけてから、そろそろ計画を練りましょうかと言った。

「一番いいのは」と、彼が話し始めた。「私がミスター・ケンブリッジに――あるいは、むしろ娘さんのほうに――代金を持って行くことでしょう。私があなたの代理で来たことを知らせるあなたの手紙と一緒にね。現金ではなく――列車の旅にそんな大金を携えて行くなんて馬鹿げているので――あなたの署名のある小切手で――」

「でも、銀行が――」

彼が片手を上げて制した。「言おうとしていることは分かります。その件はすぐに話しますよ。私はミス・ケンブリッジに小切手を渡し、航行可能な状態か確かめてから、クルーザーをここまで操縦してくる。そうすれば、とにかくクルーザーは、あなたのものになり――」

「いいえ、ジャック。あなたのものです」

トレローニーはしかめ面をしながら、気さくにたしなめた。

「そんな調子では女性実業家にはなれませんよ。売買はあなたの名前で行なわれるんだから、クルーザーの所有権はあなたにある。とりあえず五百ポンドは、私が喜んで融資するということにしましょう。

さて、銀行の件だが、先程あなたは、今はその小切手を振り出すだけのお金がないと言おうとしたんですよね。その件は、こうしましょう。

共同口座というものがあるのは知ってますよね。夫婦でもっている人は多いし、共同経営者とか、そういう人たちももっています。今日一緒に私の銀行に寄ってその口座を作り、我々のコテージの手付金にするつもりだった五百ポンドを明日、私がその口座に入金しておきますよ。そうすれば、クルーザー用の小切手にあなたが署名できるし、その金額は共同口座から引き落とされるというわけだ。これで出航準備万端ですよ。分かりましたか?」

ミス・ティータイムはよく分かったと答え、こういう問題の処理が彼は実に上手だと思った。だが、もう一方の——。

「コテージの手付金のほうですか? その件なら……」トレローニーは彼女ににこやかに微笑んだ。「たまたま不動産業者は私の長年来の友人なので——実は、その物件のことは彼から聞いたんです——私の先付小切手で物件は喜んで確保してくれるはずだ。たとえば一カ月後の日付の小切手とかで。保証のようなもので、よくあることです」

「それで大丈夫なんですね? 厄介なことになったら申し訳ないので」

「大丈夫ですよ。私の小切手が換金される期日までには、あなたが私に返済してくれる五百ポンドがあなたの手元に届いて——三週間かかるんでしたよね?——我々の共同口座に入金になってるでしょうから」

彼は椅子の背にもたれて微笑んだ。「さてと、こういう算段でどうかな?」

「ええ、本当に素晴らしい計画だと思います。銀行がそれほど融通が利くとは思ってもいませんでした。私の銀行は、とても付き合いにくくて。たぶん、私がこういう件について相談してこなかったせいですね」

「ええ、おそらく」

トレローニーが腕時計を見た。

「今から出かけて取りかかれば、ちょうどいいでしょう」

パーブライト警部は、おめでたいことにプークとラブのコンビの失敗を知るよしもなく、ノースゲイトのお気に入りの店のウィンドーを覗きながら、ゆっくりとオックスムーヴ伝道所へ向かっていた。伝道所に到着するずっと前から、そよ風に乗って聖歌が聞こえてきた。彼らは食事にも出かけないのだろうか？　あるいは、立ったままの彼らに栄養のある食物が与えられるのだろうか。チャルムズベリーにある聖ルカ教会の忠実でひたむきな鳴鐘係たちが、エッグノッグに浸して棒に刺したスポンジケーキを口の中に突っ込まれるように。

パーブライトはポーチの暗闇の中に入り――ポーチは本館に付属している波形鉄板の前廊のようなものだった――その先の扉を手探りで探した。扉を押し開けるや、彼は聖歌の大迫力に圧倒された。車庫のような天井に高くつるされた三つの裸電球の光を受けて、実《さね》はぎ板張りの壁やベンチの列はべとべととした輝きを放ち、まるで糖蜜のタフィーでできているかに見えた。空気は冷たく、老女の洗面台のようなにおいがした。

その騒音にしては、会衆は信じられないほど少なかった――左正面にまとまって十数人いるだけだ。彼らのすぐ先で、黒い大きな帽子をかぶった女性がオルガンの前で身体を前後に激しく揺すっていた。その女性には、どこか捨て鉢な雰囲気が漂っていた。彼女はまず一組の鍵盤を押さえ、すぐに別の一組を、さらにまた別の一組を素早く水没させた――まるで鍵盤が一腹の黒と白の子猫たちで、溺れさせるには数が多すぎて元気すぎるかのようだった。

牧師のレナード・リーパー師はオルガンのそばに立ち、軽くオルガンにもたれながら、夢中になって歌っていた。

パーブライトは側廊を少し進んで、リーパーに向かって礼儀正しく手招きをした。

リーパーはパーブライトに機嫌よく手を振ってから、さらに大きな声で歌った。

パーブライトはもう一度彼の注意を引き、前よりも強制的な合図をした。リーパーは仕方なくオルガンのそばを離れ、パーブライトのもとへ来た。会衆はリーパーが離脱したことに気づいていないようで、ひたすら神の耳元に向かってがなり続けている。

「やあ、ブラザー」と、リーパーが挨拶した。

パーブライトは、ただ頷いた。彼は昔のリーパーを思い出した。若手の新聞記者時代、リーパーの挨拶は決まって「やあ、チーフ」だった。気にさわる呼びかけは、彼の気性特有のもののようだ。

ふたりは、中に比べれば聖歌の声が静かなポーチに出た。

「聞きたいことがあって来たんだが、レン」

「なんなりとどうぞ、ブラザー」

「レキットという女性を知ってるかい？　ミス・マーサ・レキットなんだが」

リーパーの両目が寄って、視線が彼の尖った高い鼻の先に注がれた。そうやると考えがひらめくのだ。「ええ」しばらくして彼が言った。「知っています」

「どの程度？」

「時々話をして、彼女に安らぎと良き便りを——良き便りをですよ——与えようと努めていました」

「最近も会ったかね？」

「最近は会っていないと思います。いえ、間違いなく会っていません」

「この二、三カ月かそこらのあいだに、彼女が何か交友関係で困っていたということはないかね？　友人に牧師がいたようなんだが。ファーストネームがジャイルズという」

　リーパーの視線がまた鼻先に集中したが、今回は効果がなかった。「ジャイルズという男のことは何も知りません。そういう名前の牧師についても。全く。全然」

「ミス・レキットは、ハンドクラスプ・ハウスという、まあ一種の結婚相談所に登録したようなんだが……」

「そのとおりです」リーパーが得意そうに言った。「私が彼女に勧めました」

「レン、きみがかい？」

「そうですよ。聖書にも書かれていますよね、あちこちに。彼女の件も、その導きの一つです。『シドンのやもめ』だったかな？　そうですね。話がそれました。シスター・ストーンチをご存じですか？」

「会ったことはあるよ」

「魅力的な女性ですよね。私にできることがあれば、喜んで彼女の力になりたいと思っているんですよ」

　驚いたな、とパーブライトは思った。心のすり切れたペパーミントのようなこの若者が、ストーンチ王朝の皇后にとってのラスプーチン（ロシアの修道僧。一八七一？〜一九一六。ニコライ二世とその皇后に取り入って政治に介入し、権勢を誇った）だというのか？　そんな馬鹿な。おそらく、彼が単純な人間だと見て取ったミセス・ストーンチが、自分の相談所には教会の後ろ盾があるという印象を与えるために、彼が周辺をうろつくように仕向けているのだ。

「それじゃあ、ミス・レキットが相談所を通して相手を見つけたかどうか、知っているかい？」

「見つかったと思います。彼女なら当然、見つかりますよ」

「だが、確かなところは知らないんだね？」

「ああ……はい。そう聞かれたら、答えは『はい』です。そう答えるしかありません。ミスター・ケブルはお元気ですか？」

「私も知らんのだ」

「そうですか。気になっているものですから」

「じゃあな、レン。どうもありがとう」

「こちらこそ。それじゃあ、ブラザー、ごきげんよう。さようなら」

パーブライトが署に戻ると、プークとラブ巡査部長が告解をすべく待機していた。リーパー尊師と話したせいでまだ頭がもうろうとしていたパーブライトは、最初に話し始めたラブが何の話をしているのか理解するのに時間がかかった。

「おいおい、シッド――また彼女を見失ったっていうのか？」

「私が見失ったわけじゃありません」ラブが抗議した。

「だが、尾行するのはきみの役目じゃなかったか？」

「彼女は今度も、違うほうから出て行ったんです」

「そうなんです」プークが言った。「私めがけて歩いてきたんです。その場合の指示は受けていませんでしたから」

「きみは彼女をおじけづかせるはずだったよな、ミスター・プーク。なぜ、そうしなかった？　きみが止めないでどうする」

「でも、彼女が止まらなかったんです」プークが言った。みんなはこうなることが分かっていたんじゃないだろうかという口調だった。彼は最近、二重スパイの小説を読んでいた。

「それで、どうしたんだ？」パーブライトが前よりも穏やかに先を促した。

「私が彼女を尾行しました」短い間があった。「店で彼女が私を見失うまで」

「彼女がきみを見失った？」

「ええ、そうです。わざとです、間違いなく。彼女はエレベーターで上ったかと思うと下りて、また上ったんです」

「そんなことをしたのか、本当に？」パーブライトは思案げな口振りだった。「さて、この件はもうどうすることもできんな。分かったよ、ミスター・プーク」パーブライトは頷いて彼に退室を促してから、声をかけた。「自分を責めるなよ」ラブと二人きりになると、パーブライトはぼんやりと天井を見つめた。

「このミス・ティータイムという女性は」パーブライトがようやく口を開いた。「実に興味深い人物のようだ」

ラブは一瞬、苦笑した。

「どうやら」とパーブライトは先を続けた。「エレベーターの中の彼女といつまで隠れん坊をしていても、収穫はなさそうだ。明らかに彼女は尾行に気づいていて、抜け目なく手を打ってきている」

「彼女は案外、食わせ者かもしれません」ラブが冷ややかに言った。

「まだ、そうとは言えんよ。前にも話したように、そうしたくて不機嫌な警官をまいたからといって、その人間が悪いわけじゃない。警官をまいたから犯罪者というわけでもないし。だが今回のような場合、我々のせっかくの計画が、頭の回転が速くて驚くほど機敏な女性のせいで挫折するのは、何とも残念だ」

「じゃあ、どうしますか？」

「きみの提案をもう一度考えているところだ。ミス・ティータイムに我々の秘密を打ち明けたらどうかっていう件だよ。あの時に反対したのは、彼女は思慮に欠けていて、すぐにうろたえるだろうと思ったからだが、この数日間の様子からすると、彼女は全く正反対の人間だ。彼女ならば、とても役に立ってくれそうだ。それに、危険の警告にもなる」

「それじゃあ、もう長距離の馬鹿げた尾行はしなくていいんですね？」

「もちろんだとも」

「それは、とてもありがたいです。ところで、あの不法侵入の件はどうなりました？」

「ミセス・ストーンチのオフィスの件か？　あれは、私の思ったとおりだった。何一つ出なかったよ。ハーパーを喜ばせはしたがね。彼は、窓拭き人のものかボンベイの大司教のものか、とにかく誰のものとも分からぬ素晴らしい指紋を山のように採取したよ。本部の記録からレックスが重罪犯だと分かるかもしれないと思ったのは、期待のしすぎだった」

「ミセス・バニスター宛の手紙のほうは？」

「あったのは、しみだけだ」

「科学捜査の奇跡とはいきませんでしたね」ラブの足の痛みは和らぎ始めていた。皮肉を込めた一言は、その祝いにしては今ひとつ迫力に欠けていた。

第十四章

ミス・ティータイムにまつわる予測可能な点が一つあるとすれば、それは、彼女が九時を回るとすぐに朝食に姿を現わすことだった。常識外れではあろうが、その時が彼女をつかまえる最良の機会だと、パーブライトは考えた。

彼は九時十分前にローバックホテルに到着し、眠くてたまらない様子のマドックスに訪問の目的を説明した。マドックスの堅苦しいモーニングは、着用者のありさまと奇妙な対照をなしていた。彼は引っ繰り返った甲羅の中のカメのように、モーニングの中で身体が垂れ下がっているように見えた。

彼はパーブライトを隅のテーブルに案内し、ウエイトレスの一人にコーヒーをポットで持ってくるように指示してから、パーブライトを思いのままにさせて立ち去った。パーブライトはコーヒーを辞退しようとしたが、マドックスが、それはまずいと言った。食堂で何も頼まずに座っているのは変です。そんなことをしたら、えーと、待ち伏せをしているように見えて、あまり、あのう……。

ミス・ティータイムは九時ちょうどに食堂に入ってきた。パーブライトは、マドックスが彼女の後ろを通って疲れた様子で頷いてよこすのを見る前から、この女性に違いないと思った。

彼女は鋭敏で快活そうに見えた。ハンドバッグから取り出してあとで戻した眼鏡越しにメニューにざっと目を通した時も、彼女の穏やかで陽気な表情は変わらなかった。精神的に強い人物だ。

パーブライトは、彼女が食事を終えてコーヒーのお代わりを注ぎ始めるまで待った。そして、食堂を横切って彼女のテーブルへ行き、自己紹介をした。

ミス・ティータイムは驚いた様子も不安そうな様子も見せなかった。まるで、生まれてこのかた、一日おきに警部と朝食を共にするのが習慣であるかのようだ。

「お知り合いになれて嬉しいですわ、ミスター・パーブライト」彼女が言った。心からそう思っているように聞こえた。「あの娘さんにコーヒーを持ってきていただきましょうか?」彼女の「娘さん《ガール》」という言葉の「ゲアル」という発音に、四十年前に富裕層の女性教育を受けたことが窺われた。

「ご親切にありがとうございます。でも、先ほど飲みましたので結構です」

彼女は優雅に軽く頷き、手元のコーヒーをかき混ぜ始めた。「それで、どのようなご用件でしょうか?」

「まず初めに、立ち入ったことをすることにお詫び申し上げます」

「どうぞ、お気になさらずに」

「はあ、だが気になります。実は、あなたがあるいはお気づきになっている以上に、立ち入ったことをしておりまして。今朝、私がここに現われたのも、いわば氷山の一角なんです。通常ならばプライバシーと見なされるべき事柄について調査を行ないました——とても慎重に行なったので、その点はご安心ください。あなたがフラックス・バラにいらっしゃるあいだに、あなたを見張っていたことさえあります。そういうわけで、ミス・ティータイム、あなたには私から謝罪される権利があるとお思いになりませんか?」

彼女のしかめ面は、怒っているというよりも戸惑っている表情だった。

「とても興味深いお話ですね、ミスター・パーブライト。でも、あなたがここにおいでになったのは、あなた方がしてきたことに対して私を憤慨させるためではありませんよね」

彼は微笑んだ。「はい。これからご説明する件に備えていただきたかったのです。

実は、失踪した地元の女性二人のことが懸念されています。ふたりは社会的にも立派な女性で、私の知るかぎり、ふたりは知り合いではありません。彼女たちの身に危害が及んでいるかどうかは不明ですが、無事ならば親戚や友人の誰かに連絡をよこすはずです。

この二件には共通点が一つあるんですよ、ミス・ティータイム。ふたりとも失踪する少し前に、この町のハンドクラスプ・ハウスという結婚相談所に登録しているんです。私はそれに関して馬鹿げた意見を言うつもりはありません——あなたもその相談所にいらしたと承知していますが……」

彼は説明を求めるかのように、言葉を切った。

ミス・ティータイムは人差し指を頬に触れながら熱心に耳を傾けていたが、一言答えた。「確かに行きました」

「……もちろん我々は、何が起ころうとも、あなたにとって幸せな結果になることを望んでいます。と同時に、あなたは用心したほうがいいと思っています」

「失踪しないようにという意味ですか?」ミス・ティータイムの瞳がキラキラと輝いていた。

パーブライトは肩をすくめた。「失踪したその女性たちは二人とも、最近になって、その相談所を通じて相手が見つかっています。その偶然の一致は無視できません。我々は、どちらも相手は同じ男で、ふたりの身に何が起こったにせよ、その男の仕業だと考えています」

「でも、偶然の一致を重視しすぎるのはどうかと思いますけどね。その勤勉な紳士が今度は私に目を付けたと、そういうことですか？」

「私は、そういうことは何も言っていません」パーブライトが言った。「だが私は、口先のうまい危険な男が、獲物を探す手段としてその結婚相談所を利用していると思っています。つまらない通俗劇のように聞こえたとしたら、申し訳ありません。しかし、今起こっていることは、たまたまそうとしか説明のしようがないので」

「では、どうしてその男は見つかっていないんですの？」

「なぜなら、口先のうまい危険な男は、決まって利口だからです」パーブライトは、いささか弁解気味に答えた。

「でも、男がその女性たちと一緒にいるのを見た人が、必ずいるはずですよね？」

「観察する理由があった人はいないので、目撃者の説明は、どれも大ざっぱだと言わざるを得ません」

「それでは、男の身元は全く分かっていないんですね？」

そう言うなり、彼女はほっとした様子になった。

「警部のあなたに反対尋問をしているようで申し訳ありません。でも、何となく怪しいというだけでは、不当な結果を招きかねませんからね。実を言うと、あなたがおっしゃっているその結婚相談所を通じて、ある紳士と知り合いになりました。優しくて立派な方だという印象です。おいおい彼の素性は分かってくるでしょう。でも、もしも私が今、彼を犯罪の容疑者と見なさねばならないとしたら、彼との関係が進展する可能性はほとんどありません」

ラブと同じくパーブライトも、ミス・ティータイムは予想以上の女性だと思った。

「もちろん、あなたのおっしゃる意味は分かります」パーブライトが言った。「こう言ってはなんですが、私はあなたについて、だまされやすいとか無能だなどという印象は決してもっていません。ただ、あなたは、我々が捜している男の関心を引くと思われる——何というか、条件とでもいいますか——それをまさに備えているという事実は否定できません。たとえば、あなたは財産がないわけではなく……」

「そうです」

「しかも、あなたは最近この町に来て、一人で暮らしている」

「ご覧のとおりです、ミスター・パーブライト」

「ええ。もう、いちいち説明する必要はありませんね。こういう状況であなたへの警告を怠る警官は、警官とはいえません」

彼女のこぼれんばかりの優しい笑みに、パーブライトは驚いた。

「そのとおりですわね。ご警告ありがとうございます。でも、どうぞくれぐれもご心配なさいませんように」

「心配しないよう努めます」パーブライトは真面目くさった顔で言った。

「そうなさってください。ほかに何かご用件はございますか？　本当に、もうコーヒーはよろしいんですの？」

「ええ、結構です。ありがとうございます」彼は内ポケットに手をやった。「ただ、あなたにしかお願いできないことが一つあります。あなたがお会いになったというその紳士は……ああ、ところで彼は何という名前でしょうか？」

彼女は、しばしためらってから、首を振った。「差し支えなければ、今は申し上げるべきではないと思います」

「本当にそれが賢明だとお思いなんですか？」

「愚かでないことを願っています。ただし、倫理にかなっていることは確かです」

パーブライトは肩をすくめた。「どうぞ、お気の済むように。だが、彼から手紙が来たかどうかぐらいは教えてください」

「もちろん来ましたわ。そうやって紹介されるわけですから」

パーブライトはテーブルの上に、文字が五、六行書かれた硬い白い紙切れを置いた。

「これは手紙の一部をコピーしたもので、この手紙は行方不明の二人の女性と連絡を取っていた男が書いたものだと、我々は確信しています。あなたのご友人の手紙をどれか見せていただけるでしょうか？」

「異存は全くないのですが、今はお見せできる手紙がありません。会う約束に関するただの形式的な手紙でしたから、取っておいていないので」

パーブライトは落胆した様子だった。「ひょっとして、探したら何か見つかりませんか？　紙くずかごに切れ端が一つか二つでも残っていれば、それで充分なんですが」

彼女は微笑んだ。「ホテルでは、誰も手紙を紙くずかごに捨てたりはしませんよ。細かくちぎって、トイレに流すんです」

「なるほど。では、この筆跡をよくご覧になって、記憶にあるご友人の筆跡と似ている点があるか教えていただけますか？」

パーブライトは彼女が眼鏡を取り出すのを待ってから、コピーを手渡した。ミス・ティータイムは一分近く、コピーの文字を綿密に調べていた。そして、眼鏡を外してバッグにしまい、コピーを手に取ってパーブライトに返した。

「明らかに、全く違います」彼女が言った。「それだけは、はっきり言えます」

パーブライトは溜息をついた。「あなたを安心させることだけは、できたようですね」

「あらまあ。でも、違うとしか言いようがないんですのよ。本当に」

パーブライトが立ち去ったあと、ミス・ティータイムは、かなり長いあいだ考え込んでいた。やがて彼女は席を立ち、フロントの若い女性を捜して、すぐに車が借りられそうなレンタカー会社がないか尋ねた。

フロントの女性はセント・アンズ街にある会社を教えてくれた。十分後、ミス・ティータイムは、警察官たちに伴われずにその場所へ向かっていた。

そのレンタカー会社の経営者は、顧客をひと目見ただけで車の好みを推測できることが自慢だった。彼はミス・ティータイムが車を借りたいという話をしているあいだ、注意深く彼女を見つめていたが、やがて店先によくあるサンタクロースのように頷いて、高らかに言った。「まさに、あなたにぴったりの車があります」

彼はミス・ティータイムを、整備場の後ろの、車が十台以上駐車してある場所に案内した。彼は水色のフォード・アングリアに直行し、ドアを開けた。

「ガソリンは満タンで、キーも挿してあります。すぐにも出かけられますよ。なかなかいいでしょう」

彼はドアを閉め、事務所に戻って簡単な手続きをさっさと片付けようと、ミス・ティータイムにお先にどうぞという仕草をした。

ところが彼が驚いたことに、彼女はその場を動かなかった。

「これしか、お借りできる車はないんですの？」

「ええと……そういうわけじゃありませんが……」

彼女は後ろに下がって、車の列を眺めた。

「この中から選んでよろしいのかしら？」

彼は肩をすくめた。今や、いわゆる尊敬されない預言者だった。

ミス・ティータイムは一渡り、ゆっくりとくまなく眺めてボンネットの列を吟味したあと、前に進み出て、端に近い車の青銅色の塗装部分に手袋をはめた人差し指を置いた。

「すみませんが、この車をお借りしますわ」

彼は半信半疑な様子で、車高の低い流線型のルノーを見つめた。ルノーは、うたた寝中のスポーツ選手のように列の中にうずくまっていた。

「それで本当によろしいんですか。イギリス製じゃありませんけど」

「この際ですもの、快適さと信頼性のためには、贅沢な愛国心も喜んで捨てますわ、ミスター・ホール」

彼は自分の鑑定眼の名誉を挽回しようと、最後にひと頑張りした。

「その車は、ものすごくスピードが出ますよ」子どもに道で拾ったキャンディーを捨てなさいと注意するような口調だった。

「申し分ありません」ミス・ティータイムが言った。「シリンダーヘッドやマニフォールドやバルブスプリングやサスペンションのせっかくの改良が無駄にされてきたなんて、考えるだけでも嫌ですわ」

彼は目を閉じて、駐車場の神にささやかな祈りを捧げた。「神よ、あの車を街灯に衝突させたまえ！　あの車が牽引されてくるさまをこの年寄りに見させたまえ！」

ミス・ティータイムが車で――がっかりさせるほど見るからに堪能な運転ぶりで――走り去ったあとも、彼はまだ気が動転していた。彼女が小切手に署名するのを失念したことに気づかないまま、彼は契約書と小切手をファイルにしまい込んだ。

セント・アンズ街から、ミス・ティータイムはそのまま駅に向かった。そして、駅の前庭にルノーを手際よく駐車し、切符売り場へ行った。

壁に列車の出発時刻表が貼ってあった。彼女は眼鏡をかけ、ハンドバッグから鉛筆と小さな手帳を取り出した。

確か、八時四分過ぎの列車だ。トレローニー中佐が家に帰る時にいつも乗っていたのは。彼女は鉛筆の先で時刻表をたどった。これだ。チャルムズベリーまでは各駅に停車し、その先は、ホーリーバンク、スタング、そして、ブロックルストーン・オン・シー。

彼女はその路線の停車駅をすべてメモし、手帳を閉じてバッグにしまった。

十時半になろうとしていた。

入場券を買って改札口を通り、歩道橋の脇の信号機をちらっと見上げた。ちょうどその瞬間、腕木の一本が「進行」の位置に傾いた。ブロックルストーンからの列車が――トレローニーがいつも乗ってくる列車だろう——到着する時間だ。

彼女は急いで新聞売り場のカウンターに行った。

「このあたりの地図があれば、一部いただきたいんですけど。厳密に言うと、フラックス・バラから海岸までの地図が欲しいんです」

陸地測量部の地図ですか？　ええ、そうです。それがあれば、とても助かります。包まなくて結構です。

近づいてくる列車の音に、あたりの人の群れが動き始めた。

ミス・ティータイムは地図を受け取ると、お釣りは結構ですと言いながら、あっけにとられている店員に一ポンド紙幣を渡し、列車の先頭車両が通り過ぎる瞬間に、急いでプラットホームを離れた。銀行へ向かうトレローニーが通りそうもない道筋を選びながら、彼女は、列車から最初に下りた乗客が姿を現わす前に、駅の出口からは見えないところまで来た。

今日の約束の時刻は、いつもの十一時よりも三十分遅い。彼女は思案した。とりあえず、思い切ってウイスキーを一、二杯引っかけてから行ったほうがいいだろうか……（自分がとても愚かに思えたものですからね、ジャック。石段に腰を下ろしていたら、その男性が、何やらコップに入れて、景気づけの一杯だと言って持ってきてくれたんです——きっとアルコールだったんですわね）……やっぱり、やめたほうがよさそうだ。

ミス・ティータイムは追悼記念公園に着くと、公園の門を通り過ぎて角を曲がり、セント・ローレンス教会のポーチに続く、両脇にセイヨウイチイとイトスギが植えられた小道に入った。そして教会の中に入り、後方の席に腰を下ろした。ひんやりした薄暗い教会の中で一人、彼女は地図を広げ、それを前の席の背にもたせかけた。
彼女は三十分近く、地図を見つめていた。

第十五章

セント・ローレンス教会の塔の時計が、ためらいがちに時を打った。十一時半だ。噴水式水飲み場で小さな女の子が人形の服をごしごしと丹念に洗っているのをじっと見ていたミス・ティータイムは、その視線を公園の入り口のほうへ移した。トレローニーの姿はなかった。

彼女は、ふと不安になった。今まで彼は、自分が極端なほど時間に几帳面な人間だと示してきた。その人らしからぬ行動は、ミス・ティータイムを不安にさせる本当に数少ない事柄の一つだった。計算が狂うからだ。言わば、近頃は生計を立てるのに星占いをやり直す必要があるのと同じだ。

しかし、二分後に、トレローニーの金髪が生垣の向こうを上下に動きながら来るのが見えた。彼は門を押し開け、大股で彼女のほうに向かって歩いてきた。まだ二十ヤード離れていても、姿勢ときびきびした足取りから、上機嫌なのが分かった。

「本当に申し訳ない。もういないかと覚悟していました」

「そんなわけないでしょう。私も、たったいま着いたばかりです」

「上出来だ！」トレローニーは彼女の膝を、猟犬にするように軽く叩いた。「いずれにせよ、遅れたことには正当な理由がありますからね。私の船内ロッカーに寄ったという――厳密に言えば、共同口座なので我々のロッカーだが。口座には入金済みですよ――光り輝くソヴリン金貨にして五百枚！」

（あらまあ！　ソヴリン金貨に最後に出会ったのは、どこでだったかしら？　サッパーの小説？　それとも、ヘンティの？）彼女は感心したように目を大きく見開いた。「驚きましたわ！　あなたは決して時間を無駄になさらないんですね、ミスター・トレローニー」

「もしもーし……」彼は、わざとらしく顔に落胆の色を浮かべていた。「どなたさまでしょうか？

ミスター・トレローニーと話されているあなたは」

「トレローニー中佐」彼女は、いたずらっぽく訂正した。

「やれやれ！　今度は、お偉いさんですか？」

彼女は一瞬、目を伏せた。「ジャック……」

「そうこなくては！」彼はまた彼女の膝を軽く叩いたが、今度はそのまま手を戻さなかった。トレローニーは彼女の顔をじっと見ながら、手の指を縮めた。彼女が思わず身体を引こうとした瞬間、彼女はトレローニーの目に純粋な興味と驚きの色を見て取った。

「あのう……」彼は手を引っ込めて、手を置いていた場所をじっと見つめた。「あなたは筋肉があるんだな」

ミス・ティータイムは、スカートを整えた。「実は、体調を保つ努力をちゃんとしていますの。筋肉を鍛える運動をほんの少しですけど」

トレローニーに快活さが戻った。「例の手紙は書きましたか？」

彼女はハンドバッグを開け、買った地図が見えないようにバッグを持ちながら、封筒を取り出して彼に手渡した。

「小切手も入っています」彼女が言った。「小切手は娘さん宛にしてあります。入院中のミスター・

ケンブリッジには対応が難しいといけないので」

トレローニーが頷いた。「それは賢明だ」

封筒は封がされていなかった。彼は手紙を取り出して読み始めた。

［ミス・ティータイムは、こう書いていた］

親愛なるイーヴリン

　私の良き友人であるジョン・トレローニー中佐をご紹介します。彼は今回クルーザーの件で、私の代理をお引き受けくださいました。彼から私の小切手をお受け取りください。ご覧のとおり、五百ポンドの小切手です（私としては「ルーシー」の評価額に近い金額か、せめてその半分をお支払いさせていただきたかったのですが、あなたとお父さまのお気持ちは変わらないようですので）。トレローニー中佐に領収証と、クルーザーの取扱説明書やその他の書類を——私よりもよくご存じだと思います——お渡しいただき、彼を係留場所までご案内ください。彼が自分でこちらまで操縦します（この仕事をお願いするのに、かつての海軍将校ほど適任な方はいなかったと思います！）。彼も、もちろん、クルーザーが良好な状態だと自分で確かめたいことでしょう。特に付け加える点はないと思いますが、あるとすれば、私が書き忘れた件で私にお電話なさりたい時のために、私のホテルの電話番号ですね（フラックスバラ・二一三〇）。当然ながら、この金額では到底不充分ですが、お気持ちが休まりますように少しでも当座のお役に立つことを、心からお祈りしております。

かしこ

ルシーラ

トレローニーが顔を上げた。「こんなに良い友人がいて、彼女はとても幸運だ」彼は真面目な口調で言った。

「私と同じく」ミス・ティータイムも同様に、真面目に応じた。

トレローニーは彼女の肩に腕を回し、同志のようにその肩を抱きしめた。

「さて、この良いご婦人は私にとって何なのでしょう？」

「トゥイッケナムにはお詳しいですか？」

「ラグビーのグラウンドがあることぐらいですかね、知っているのは。陸にいる時に海軍の試合があれば、いつも見に行っていたので」

「グラウンドは、ケンブリッジ家の住まいの近くではないと思います。住所は封筒に書いてあるので。ザ・ターニルズというところの古い素敵なおうちです。八番地にあります。通りというよりは小路のようなもので、低いほうの端にテムズ川が流れています。トゥイッケナムの旧市街地と言って尋ねれば、場所はすぐに分かるはずですわ」

「近くに駅はあるかな？」

「一番いいのは、リッチモンド駅まで行って、そこからテムズを渡る行き方だと思います。歩くには気持ちのいい道ですし、さほど遠くありませんから」

「分かりました」トレローニーは手紙をポケットに入れた。

「いつ、いらっしゃるご予定ですの？」

「明日の朝です。十時ちょっと前に、ロンドン行きの列車があるので」

「お見送りします」ミス・ティータイムが急に思い立った様子で宣言した。

「いや、私だけのために来る必要はありませんよ」

「でも、お見送りしますわ、ジャック。列車でいらっしゃるのは分かっていますけど、あなたはこれから出航するのだと思えてなりません。いずれにせよ、帰りは航海なんですから――正真正銘の。嵐は怖くないんですの？」

トレローニーは笑わずにはいられなかった。一瞬、ミス・ティータイムはきまり悪そうに見えたが、すぐに彼と一緒に声を立てて笑った。

「私がここでマダム・バタフライのようにお待ちしていることを、決して忘れないでくださいな。頂上であなたの姿を待ちわびていられる丘は、ありますかしら」

「あーーる晴れたー日ーー！」トレローニーは、おかしさでは負けるものかとばかりに歌ってみせた。

ミス・ティータイムは溜息をついた。「何もかもが夢のよう」彼女が、つぶやいた。

「ええ、そうですね……」

「ベッドが四つもあるんですよ。彼女には、もちろん」

「彼女？」

「クルーザーのルーシーです。キッチンも本当に素敵で可愛らしくて」

「ギャリー（船の厨房）ですな」

「そうそう、ギャリーです。信じないでしょうが、私は本当に、とても優秀な船乗りなんですよ」

「そうでしょうとも」

「私たち、一年中ずっとルーシーで航海していられますかしら？」

トレローニーは微笑んだ。「まず無理ですね。少なくとも冬はコテージで過ごさないと」

「そうですね、コテージがありました……。コテージのことを話してくださいな、ジャック」

「すぐに自分で見られますよ。白壁に――茅葺き屋根――軒下の小さな窓。そして、セントラル・ヒーティング！」

「まあ、素敵！」

「それに、呼べば聞こえる所には、おそらく人っ子一人いない」

「場所はどのあたりですの？」

「今に分かりますから」

「教えてくださいな」

「しつこいですよ。あなたは封緘命令《ふうかんめいれい》を受けて航海しているんです。すべて、航海長に任せておきなさい！」

「ずいぶんと、もったいぶるんですね！」


その日の夕方、改札口を通って振り向いたトレローニーに手を振って別れたあと、ミス・ティータイムは、すぐには切符売り場を立ち去らなかった。彼女はブロックルストーン行きの列車の到着する音を、耳を澄ませて待った。そして、出発する列車の最終車両が駅の東端で平面交差点を通過するガタンゴトンという音が聞こえてから、ようやく駅の前庭に出て、車へ向かった。

車に乗り込み、かたわらの座席の上に地図と停車駅のリストを置いた。

最初の停車駅は、ペニックだった。ペニックはフラックス・バラの郊外のすぐ先にある村で、その後、フラックス・バラの発展とともに郊外住宅地区に吸収されることになる。

ペニックに続く道路は、列車の線路とほぼ平行に走っていた。初めの一マイルは道沿いに家や店が立ち並んでいたが、夕方のその時点では交通量はかなり少なかった。そこは速度制限区域だったために、ミス・ティータイムは時速を二十マイルは前後したにしろ大体は制限速度を守るよう気を配っていたが、やがて建物のまばらな長く伸びた上り勾配の道路になる地点に、斜線の入った白い円盤形の法定速度標識が見えた。彼女は時速八十マイルまで速度を上げ、ルノーは思う存分うなりを上げて疾走した。

そのうちに急な背向屈折が三度続き、やむを得ずギアを落として速度を半減させたが、曲がり終わるとそこから先は、ペニックの村落へと一直線に下り勾配の道が続いていた。

駅はすぐに分かった。村の右寄りにポツンと建っている建物で、両脇に柵のある小道で大通りに連結している。ちょうど、フラックス・バラからの列車がホームに入ってくるところだった。

その十秒後に、ミス・ティータイムの車は駅の小道の真向かいに停車した。

最初の乗客が狭い切符売り場の戸口から出てこようとしていた。買い物かごを持った女性だ。若い男性が二人続いてから、小さな女の子を連れた女性が一人。その女性が最後だった。駅舎の窓の奥で、カメラのシャッターを切る時のように明と暗が切り替わり、その切り替わりが見る見る速くなったかと思うと、突然、窓に明るい日の光が戻った。列車は行ってしまった。

次の駅は、ハムボーン。二マイルほど先だ。地図を見ると、道は単純そうだった。ミス・ティータイムは再び出発した。

ペニックの村落を抜けると、道は驚くほどどこまでも一直線に続いていた。もう一本線路ができる予定だったのかもしれない。ハムボーンは、すでに見えていた。小さな集落の赤褐色の屋根が、最後の日の光に輝いている。

ここならば列車を追い越すのは簡単だろうが、彼女はそうしないことに決めた。列車の乗客は窓から外を見る以外にすることはなく、二、三十ヤード離れていても、追い越してゆく車の運転席の人間を見分けるのは難しくない。こうして彼女はのろのろとハムボーンの集落に入り、今回も列車の乗客が姿を現わす前に、駅の近くに眺望のきく場所を見つけた。

出てきた乗客は二人だった。どちらもトレローニーではなかった。

ノース・ゴスビーでも、空《から》くじだった。

そこからストローブリッジへ向かうあいだでは、新たな牧草地へと道路を追い立てられている羊の群れの悲惨な渋滞に遭遇してしまった。そのために五分遅れたが、ゴスビー・ヴェイルの谷を、心躍らせながらとはいえ危険にも時速九十マイル少々で走り抜けたおかげで、ストローブリッジの帰宅者を一人残らず見逃さずに済んだ。

彼女がモウルダムに着いた頃にはすっかり薄暗くなっていたが、彼女はその場の光景を見て驚いた。線路や駅舎のない停車場と道路のあいだに、どういうわけか、橋もなさそうな幅の広い水路があったのだ。どうすることもできないまま、彼女は列車が水路の向こう側に停車するのを眺めていた。

しかし、停車したかと思うと、列車はすぐに動き始めた。ドアの閉まる音は一度も聞こえなかった。その日はどうやらモウルダムは、息子や娘を一人も都会へ送り出してはいなかったようだ。

ミス・ティータイムはバックミラーの後ろの明かりをつけて、地図を見た。

あとはベンストーン・フェリー一駅で、その次がチャルムズベリー・タウンだ。列車はチャルムズベリーからさらにブロックルストーンまで行くが、そこまでは三十マイル近くある。まさかそれほど遠くから、結婚を迫りにやっては来ないだろう。それはない。チャルムズベリーで終わりにしよう。

彼女がベンストーンまでの五マイルを運転しているあいだに、闇は着実に深まっていった。闇は畑のくぼみから一面に広がり、そして生垣の陰に集《つど》った。曲がりくねった道がヘッドライトに驚くかのように右に左に逃げ惑うさまは、まるで灰色のネコのようだ。彼女は瞬時も注意を怠らず、ギアを落としてライトが照らし出す道を巧みに車を走らせ、ようやく、その道を無事に走り終えた。ルノーはコーナリングでも、トランペットに詰まった糞のようにびくともしない。彼女は満足そうに、心の中でそうつぶやいた。

とはいえ、その時刻にそういう道が続いては、列車よりも早くベンストーン・フェリーに着く可能性は五分に等しかった。まだ線路とのあいだに水路はあるだろうか？　ベンストーンに着いたらすぐに、地図をもう一度見る必要がある。

車の左手に、黒々と長く続く場所が現われた。植林地だ。前方の道路脇から何やら茶色いものが、うろうろしながら出てきた。道路をあっちへ行ったかと思うとこっちへと這い回っている。彼女はブレーキを踏んでギアをセカンドに落とし、ちらっと見えた小さな目と深靴のボタンのような湿った鼻に微笑みながら、それをよけて通った。ハリネズミは本当に愛らしい生き物だ。彼女はつくづくそう思った。

かすかに輝く西の空を背に、道端の家々の黒い屋根の先端が見え始めた。たった一本立っている街灯の黄色い光が、宿屋《イン》の看板を照らしていた……ジョージ四世。首にぴったりとカラーを付け、ひょうきんな驚いた表情をしている。水色の服には宝石がちりばめられ、絹の肩帯が窮屈そうな、浮腫でむくんだ身体が、空を背景に描かれていた。さらに先には四つの店の明るいショーウィンドーと小屋が一軒あり、小屋の中ではベンストーンの村人が何人かフィッシュ&チップス用レンジの前で待っていた。

　ミス・ティータイムは車を停め、その小屋の明かりで地図を見た。駅は、次の道沿いの四分の一マイルほど先の右手にあった。そして、ありがたいことに水路のこちら側だ。あの水路は、ここではベンストーン・オー《Eau》と呼ばれているらしい。

　彼女が右折すると、ほぼ同時に列車の明かりが目に入り、遠くに、金色に光る客車の列がゆっくりと左へ動いていくのが見えた。ルノーのヘッドライトの光線の先に、駅から彼女のほうへ向かってその小道を歩いてくる四、五人の姿があった。彼女は、すれ違う時に脇に寄ってくれた彼らの顔を見た。見知らぬ人たちだった。

　次の瞬間、ひとり駅舎の角を歩いている人影が目に留まった。その男性が車のドアの鍵を開けようと身をかがめた時に、トレローニーだと分かった。

　ミス・ティータイムは駅舎を通り過ぎ、百ヤードほど先の駅の出入り口を越えたところで止まり、出入り口の中へ車をバックさせた。そして、トレローニーの車が駅の敷地から姿を現わして村のほうへ曲がるのを見るや小道へ取って返し、彼の車のあとを追った。

　ベンストーンの村に入ると、彼の車は大通りを渡り、坂を下りながら加速した。ミス・ティータイムは、二つの赤いテールランプから五十ヤードの距離を保っていた。その赤い光は、時おり揺れ動いた。でこぼこ道のあちこち補修されている場所に乗り上げるからだろう。

　左折すると下り坂は終わり、その後しばらく急な上りが続いたあと、公有地らしき場所で道は平らになった。さらに曲がると道は白樺の木立を抜け、小川の流れる低地へと下っていった。その小川にかかる太鼓橋をトレローニーの車が上り始める瞬間に、テールランプが二度点滅し、そして消えた。ミス・ティータイムは間隔を詰めようと加速したが、橋に着いた時には、橋とそのすぐ先の曲がり角のあいだに車の姿はなかった。

川辺からの上り道は途中から曲がりくねっていたために、時おり木々のあいだで明るく輝く白い光だけが、トレローニーがまだ前方にいる証しだった。彼が道を熟知しているのは確かだ。

坂を上り切ると、そこは広々とした田園地帯で、さほど遠くないところに見えるスミレ色の冷たい光の束は、明らかに町の大通りだった。チャルムズベリーだ。間違いない。だが、ジャックはどこに行ってしまったのだろう?

大通りまで出たわけはない……彼女の視線の先で細く弱々しい光線は上下し、向きを変え……。

不思議だった。車もろとも消えてしまった。

彼女はトレローニーの車のヘッドライトが最後に見えたと思われる場所に向かったが、暗くてその場所を見極めるのは難しかった。左手に細い脇道があった。それを越えた先にもう一つ曲がり角がある。そして、右手には三本目の脇道が。彼は、この中のどれかを通って行ったのだろう。

彼女は車を停め、すぐにエンジンを切って窓を開けた。そして、一心に耳を澄ませた。ほんの数秒、かすかにエンジンの振動音が聞こえたが、どの方角から聞こえたのか、はっきりしなかった。やがて遠くで車のドアの閉まる音がした。その後は物音一つしなかった。

彼女はバックミラーの明かりをつけて、ベンストーン・フェリーからの道筋を地図でたどった。公有地、小川の流れている低地、橋……そこまでたどるのは簡単だった。そして——彼女は指でたどり続けた――ここからは、しっかり見なければ……そうだ、ここだ。彼女は鉛筆で三本の細い脇道を丸で囲んだ。

ミス・ティータイムは座席の背にもたれて考えた。暗闇の中を徒歩でうろつくことだけはしたくない。少なくとも、どこに来ればいいかは分かった。昼間なら十分もあれば、家を突き止められる。それが必要になれば。もちろん、そうする必要はないかもしれない。欲張らないほうがいいのは分かっている。特に今回は。まさにそうだ。もしも明日すべてが問題なく進んだならば、余計なことはしないでおこう。もしもそうでない場合は……ともかく、女性も生きてゆかねばならず、よく言うように、何事も方法はいろいろある。

第十六章

トレローニー中佐は列車の窓から身を乗り出し、遠ざかってゆくルーシー・ティータイムに投げキスをした。フラックス・バラの上りホームにいる戸惑い気味でためらいがちな見送り人たちに紛れて彼女の姿が見えなくなると、ようやく、トレローニーは頭を引っ込めて窓を上げて閉め、座席に腰を下ろした。

その列車は、フラックス・バラの出札係たちから「本日の一押し」だと勧められた列車だ。その勧め言葉は本来ならばもっと輝かしく聞こえたのだろうが、彼らが言うと「粗悪品の中の一押し」に聞こえた。だが実際に、その列車は確かに速く快適で、人口密集地から来る急行よりもはるかに清潔だった。

トレローニーは、「船上で」——ミス・ティータイムが一緒ならば、彼はそう言っただろう——昼食をとり、その後はユーストンに着くまで、その日の朝に郵便で届いた造船業者のカタログを読んで時間をつぶした。

彼は、河川用の船舶が質素なものでも高価なことに驚くと同時に、少なからず満足した。もっと大がかりな船の場合は、価格は最高級の自動車に匹敵した。装備の豪勢な最大級の船舶になると、値段のような低俗で瑣末な事柄の説明はなかったが、規模から見て明らかに、四千ポンドといえど決して最高水位ではなかった。

　トレローニーが列車を降りてタクシーでウォータールーに向かった時には、すでに二時近くになっていた。ロンドンは彼が思っていたよりも寒かった。空には一面に凝乳のような雲が低く垂れ込め、風が断続的に通りを吹き過ぎて、埃やバスの切符が商店の店先で渦巻いていた。

　彼がリッチモンド駅から出る頃には、霧雨がテムズ川の方角から駅に吹き込んでいた。彼はできるだけ店で雨をよけながら、橋まで歩いた。しかし、雨に光る欄干や、天候をものともせずに橋を渡る数少ない歩行者を後ろから急《せ》かすようなバスのタイヤの音に、トレローニーは覚束ない足取りでカフェの雨よけの下に戻り、タクシーが見えたらすぐに呼び止めることにした。

　彼の試みは三度目に成功した。彼がほっとしながら、革のにおいのする乾燥した薄暗がりに身体を丸めていると、下を流れる川がちらりと見えた。彼は思わず、うめいた。幸いにほんの一瞬だったが、海は今おそらくどんな様子なのかが思い浮かんだのだ。

　そのうちに、どうやらトゥイッケナムまで来たようだ。彼は過ぎてゆく景色を見つめていた。ここはアクトンという名前になっていたかもしれない。あるいは、ストリーサムか、バラムか、レディングか、何かそういう名前に。名前に何の意味があるのだろうか？　どうしてみんな、この大きなボウルに入ったポリッジのオートムギは一粒ずつ違うのだと、未だに言い張るのだろうか？

　しかし、タクシーを降りて、緩やかに湾曲した人気《ひとけ》のない通りにジョージ王朝様式の家が立ち並び、家々の柵で囲った小さな庭にどっしりしたシカモアの古木の大枝から雨の滴が飛び散るのを見た時、彼は、ミドルセックス（イングランド南東部の旧州。一九六五年に他の地区や州に編入）でさえ一様性がまだ完全無欠ではないことを認めざるを得なかった。

右手の高台を半分ほど行ったところに、ザ・ターニルズ八番地はあった――タクシーは、車道の先に鉄の太い杭が三本並んで立っていたために、その通りには入れなかった。

彼のノックに応えてドアを開けたのは、十一歳かそこらのほっそりした金髪の少女だった。眼鏡が、気難しそうな小さな顔に、人を惹きつける寂しげな雰囲気を添えている。

「こんにちは」少女は、誠実に応答してほしそうに挨拶をした。

「こんにちは」トレローニーは、お母さんはいますかという風情でにこやかに応じた。「ここは、ケンブリッジさんのお宅ですか？」

「はい、そうです」と、少女は答えた。（近所の子だろうか？　使いにでも来させられたのか）

彼は優しく少女の顔を覗き込んだ。「ケンブリッジさんご一家の方とお話ししたいんですが。つまり、ミス・ケンブリッジと」

「私が、ミス・ケンブリッジです」

トレローニーは思わず笑った。「いいえ、違うんです。ミス・イーヴリン・ケンブリッジです」

「でも、それは私です。私がイーヴリンです。あなたは、どなたですか？」

「ええと、まさか……。いや、まだ名前を言っていなかったですね。私はトレローニー中佐で、もう一人のミス・ケンブリッジと、つまり、おじいさんのミスター・ケンブリッジの娘さんとお話ししたいんです」

少女は、しばらく考え込んでいた。生来の礼儀正しさから、何とか訪問客が満足するような説明をしようと思った。考えついた最善の説明は、こうだった。「おじいさんにはイーヴリンという名前の娘はいなかったと思います。でも、パパに聞いてきましょうか」

「パパ？」

「はい、パパも、ミスター・ケンブリッジなので」

「ああ……それでは、お父さんとお話しできればありがたいですが……」

少女は奥に戻ろうとしたが、トレローニーをすまなそうに振り返って、ドアを大きく開いた。「中にお入りくださいと言うべきでしたよね？」

「ご親切にありがとうございます」彼は一歩進んで、戸口の中に立った。

少女は彼が納まるところに納まって一人になっても倒れそうもないことを確かめるかのように、彼に注意深い視線を向けてから、小走りで立ち去り、廊下の突き当たりを曲がって姿を消した。

トレローニーは両手をポケットに突っ込んで、眉間にしわを寄せながら外の雨を見ていた。ケンブリッジ家の人間は思っていた以上に多いらしいが、何も心配する必要はない。彼は自分にそう言い聞かせた。あの子は何の関係もなく、ただ用心深くて親愛の情に溢れているだけで、イーヴリンになりきっていたのだろう。「パパ」も結局は空想上の人物に違いない。架空の父親で、あの子は問題が持ち上がると相談をしに行くふりをするのだ。かわいそうに。今すぐにでも、本当のミス・ケンブリッジが出てきて……。

彼は振り返った。あたふたと歩くかすかな足音が聞こえたのだ。自分が見られているような気もした。

彼は廊下に目を凝らした。目が暗さに慣れてくると、幾つもの小さな人影が見えた。部屋の暗い戸口に年齢順か何かのように一列に並び、陰気で真剣な目つきで彼を見つめている。彼は一瞬、順繰りに重ねられる、あの日本の入れ子式人形を並べた光景を思い出した。だが彼が人数を数え始める前に、彼らはあっという間に視界から消えた。

　トレローニーの眉間のしわは深くなった。何もかもが奇妙だ。家には子どもが大勢いるかもしれないと、なぜルーシーは言わなかったのか？　彼らはみんな、ミスター・ケンブリッジの子どもなのか？　ひょっとすると趣味で養っているのかもしれない。その結果、経済的窮地に陥り、病院にまで入る結果になったのかも。だが、あの子どもたちが彼の娘の子でないのは確かだ。道徳に厳格なあのルーシーが未婚の母との友情を育んだとは思えない。不規則な習慣があれほど規則正しい女性なのだから、なおさらだ……。

　不安に満ちた彼の物思いは、人好きのする顔つきの男性が現われたことで、ひとまず終わりになった。眼鏡をかけた、助力を惜しまないという表情は、少女そっくりだった。

　男性は彼に愛想よく挨拶をした。その声は、ポートワインを携えて訪れた同僚を見て喜んでいる大学の学監《ドン》の声のようだった。

「ケンブリッジと申します」男性が言った。

　トレローニーにはその宣言が、自分の考えを見抜いた、わざとらしい語呂合わせに聞こえた。彼はすっかり戸惑っていた。

「こちらへ、どうぞ」ミスター・ケンブリッジはそう言って右手のドアを開け、広い暖かな部屋へ彼を案内した。一瞬、楽器の博物館のように見えた。ミスター・ケンブリッジは手で、どうぞおかけくださいという仕草をした。

「娘から聞きましたが、トレローニー中佐でいらっしゃいますね」

　トレローニーは頷いて、少し口ごもりながら言った。「あのう……退院なされたようで、大変嬉しく存じます」

「退院とは？」

「入院なさっていたのではないんですか？」

「ここ何年か入院はしていませんが」

「そうですか……それは失礼しました——勘違いだったようです。いずれにせよ、とてもお元気そうで何よりです」

ミスター・ケンブリッジは軽く頭を下げた。表情は至って穏やかだった。破産寸前にしては、落ち着きすぎていないだろうか？

「例のクルーザーの件で来ました」トレローニーが用件を告げた。

しばし、沈黙があった。

「だが、私はクルーザーに用はないんですが」そう言って、ミスター・ケンブリッジはドアのほうを見て付け加えた。「家内に聞いてきましょうか？」

トレローニーは、本物のミスター・ケンブリッジが入院したのをいいことに詐欺グループが家を乗っ取ったとは考えないようにした。

「クルーザーを売ろうというのではありません」トレローニーが言った。「私はあなたのクルーザーを買いに来たんです」彼は手紙を出そうとポケットに手を入れた。「その元の所有者の代理で」

「クルーザーですか」ミスター・ケンブリッジは考え込みながら繰り返した。彼は顔を上げて言った。

「チェロの話ではないんですね？」

トレローニーは目を見開いて相手の顔を凝視した。

ミスター・ケンブリッジは部屋の隅に歩み寄った。そこには、まさしく、ずんぐりした大きな弦楽器が置いてあった。彼は、それを優しくなでた。「エドウィンはあまり上手に弾けませんし、エステラは今のところ、ハープで手一杯なんです。手放すのは忍びないのですが――」

話の途中だったが、トレローニーは思わず立ち上がって、手紙を相手の手に押し込んだ。

ミスター・ケンブリッジは手紙に目をやった。「だが、これはイーヴリン宛になっています。イーヴリンは、あなたに応対したあの子です」

「とにかく読んでください」

ミスター・ケンブリッジは封筒の端を切って開けた。

「妙ですね」三分後に彼が言った。

トレローニーは手紙を受け取り、ポケットにしまった。彼は押し黙ったまま、ミスター・ケンブリッジをじっと見つめていた。

「明らかに、何か誤解があったようです。私には何のことだか、全くわけが分かりません。大変申し訳ありませんが」

「それでは、あなたは、この……この女性をご存じないんですね？」

「お名前を耳にしたこともありません」

トレローニーは頷いた。彼は心底、腹を立てているように見えた。

彼が立ち去ると、ミスター・ケンブリッジは子どもたちをより分けながらイーヴリンを見つけ出し、少女の手を引いて楽器の置いてある部屋へ行った。

「教えてほしいんだがね、イーヴリン」彼が言った。「ミス・ルシーラ・ティータイムという女性を知ってるかい？」

「知ってるわ」イーヴリンが答えた。

「その女性は誰なんだね？」

「誰なのかは知らないけど、どこに住んでたかは知ってる」

「どこだね？」

「向こう側の三軒隣。とってもいい人だった」

「だが今は、そこにいないのかい？」

「いないわ。どっかへ行ったみたい。ミスター・ジャックマンと結婚するって言ってたけど。高台の上の新聞を売ってるお店の隣にある、宝石屋さんと」

「そうなのか」

「でも、結婚してないと思うけどね」


トレローニーがフラックス・バラのその日一押しのロンドン行き列車で運び去られると、ミス・ティータイムはプラットホームを離れ、その足でプロヴィンス＆マリタイム銀行のフィールド通り支店に向かった。

銀行に入ると、二日前にトレローニーと共同口座を開設した時の担当者が彼女に向かって会釈をした。彼女は笑顔で応えてから、壁際の小さな記載用テーブルに椅子を寄せた。

汚れがなく角《かど》が鋭い小切手帳は新しいせいで、表紙を折り返すと、聞こえるほどに軋んだ。小切手は一枚しか使われていない。その小切手は今、トゥイッケナムに向かっている。近頃の少女たちは幸運だ、とミス・ティータイムは思った。彼女が子どもの頃には、彼女に五百ポンド支払うよう言いつかってイングランドの半分を旅してくる人などいなかった。彼女がかつて持ってきてもらった物で唯一心が弾んだのは、ボールだ。

彼女は小切手帳の二枚目に日付を入れ、カッパープレート体（銅版に見られる優美な書体で、楽譜の表紙にもよく使われる）で小さくおずおずと、「現金《キャッシュ》」と書いた。金額は……さて、幾らがいいだろうか？　いとしいジャックが前日に入金した金額をそっくり失礼することはできるが、それでは遠慮がなさ過ぎる。もちろん、文句を言われる筋合いはない。口座は彼のものであると同時に、私のものでもある。とはいえ……やはり、よそう。そっくりそのままというのは、パン切れでグレービーをすっかりぬぐい取るのと同じぐらい、はしたないだろう。今の世の中、オオカミのような貪欲な振る舞いが多すぎる。

彼女はきちんとした署名を添え、控えに記入してから、その小切手を慎重に小切手帳から引きはがした。

「ティータイム様、おはようございます」

（まだ二度目だというのに名前を覚えていてくれるとは。何と誠実な若者だろう。実に感じの良い銀行だ）

「おはようございます、ミスター・アレン」出納口にいる彼の名前は、格子窓の上のブロンズのプレートに彫られていた。（ブロンズだ。プラスチックではない。この銀行の従業員たちは、長続きせず渡り歩く雇い人ではないのだ）

ミスター・アレンは小切手を手に取り、何とも機嫌良く事務的に一瞥して頷いた。「四九七ポンド、十八シリング、六ペンスですね。承知しました……すぐに処理いたします」

彼はくるりと向きを変えて席を立ち、後ろの仕切りのドアから姿を消した。二分後に、彼は変わらぬ、きびきびした礼儀正しい態度で戻ってきた。しかし、小切手は手にしていなかった。

彼は微笑みながら、身を乗り出して言った。「カウンターのあちらの端までいらしていただけるでしょうか」――彼は頭をわずかに左へ傾けた――「ミスター・ビーチが対応させていただきます」

示された方向には、二十フィート先に、肉付きのよい親切そうな男性が立っていた。男性はミス・ティータイムにこちらへと優しく合図をし、彼女をオフィスに案内した。その部屋の絨毯はオレンジ色で、アルミニウム製のテーブルにはグラス類が置かれ、暗緑色の長いベルベットのカーテンが掛かっていた。オフィスというよりは、広告代理店の応接用のバーのようだ。

ミス・ティータイムは勧められた椅子に腰を下ろし、ミスター・ビーチはカエデ材の机の奥に座った。その机には、「P&M」という銀行名のイニシャルが入った白い磁器製の菱形紋らしき象嵌が、幾つも施されていた。

ミスター・ビーチは両手を祈りのピラミッド型にし、その下で、吸取紙綴りの上に置いたミス・ティータイムの小切手を眺めた。

「ところで、ティータイム様。トレローニー様と共同でおもちの口座から四九七ポンドをおろされたいとのことですが」

「ええ、そうです」

「ご承知だと思いますが、銀行口座をおもちのお客さまは――どのような口座にせよ――その口座の預金額を超える金額を引き出すことはできないのですが」

一瞬、間があった。

「ミスター・ビーチ、皮肉を言われる筋合いはないと思いますよ。たまたま、私たちの——ミスター・トレローニーと私の——個人的な件で、預金をしてすぐに引き出す必要が生じただけなんですから。とにかく、そもそも私たちのお金ですよ。それなのに……」

彼女は口をつぐんだ。当然ながら、彼女には状況が分かっていた。状況が分からず憤慨しているふりをしたのは、ある種の職業上の反射的行動にすぎない。

ミスター・ビーチは伏せていた目を上げた。

「口座にいかほど入っているとお思いだったのでしょうか?」彼が尋ねた。

ミス・ティータイムは一瞬、考えているように見えた。

「五百五ポンドです。ああ——そこから、小切手帳の十シリングが引かれていると思います」

「どうやら、思い違いをなさっているようです。小切手帳の代金を差し引いて——おっしゃるとおり、十シリングですが——当初の預金額は四ポンド十シリングちょうどです」

彼女は呆然と目を見開いた。

「でも……でも、ミスター・トレローニーはきのう、彼個人の口座から共同口座に五百ポンド入金するためにお寄りしたはずです」

「トレローニー様がそうなさるおつもりだったのなら、なんらかの事情で、いらっしゃれなくなったに違いありません」ミスター・ビーチが言った。とても思いやりのある口調だった。

「あらまあ……」

「どうぞ、お気になさらずに。私どもは、こういうちょっとした思い違いには慣れていますので。思い違いはあります。誰にでもあるものです。どんなにきちんとした業界でさえあるのですから……」

（全くあきれたわ。ミス・ティータイムは思った）「銀行は困りませんので。昨今、皆さまはお忙しくて、つい物事を忘れがちなことは承知しております。十中八九――おそらく――トレローニー様は今日の何時頃かにお見えになるでしょう。そうしましたら、これを――」

ミス・ティータイムは、ミスター・ビーチが彼女に向かって自信なさそうに振り始めた小切手には目もくれずに、立ち上がった。

「ミスター・トレローニーについて私が言えるのは」彼女はドアに向かう前に厳しい口調で言った。

「彼のやり口は、人のはらわたを煮えくり返らせるということです」

第十七章

ダービーの消印のあるパーブライト宛の手紙がフラックス・バラ警察署に届いたのは、翌日の朝だった。彼は急いで封を開いた。

そちらで先日お話ししたおりに［と、ミス・ハドルストーンの手紙は始まっていた］、思い起こしてみるように言われた件ですが——ずっと一生懸命考えていましたが、今日ふと、マーサ（ミス・レキット）が書いていた「カニを捕まえる《キャッチ・ア・クラブ》」の意味に思い当たりました。

私たちは子どもの頃、ふたりともチャルムズベリーに住んでいて、一緒によく散歩に出かけては木に成っている果物などを持ち帰り、母親にジャムを作ってもらっていました。ベンストーン・フェリーのほうへ歩いてゆく途中の、私の家から程近いコテージに、果物の木が何本も生えている大きな庭がありました。そこに当時一人で住んでいたおばあさんは、果物が成ってもあまり取らないので、ある日、私たちはそのコテージに行って、リンゴを取ってもいいか尋ねたんです。おばあさんが、いいけど、あれは「クラブ」だよって言ったので、私たちは、じゃあいいですと言って戻りました。私たちは、おばあさんはボケているのだと思い、家に帰って母に、おかしなおばあさんが海辺でもないのに庭に「カニ《クラブ》」がいるって言っていたと話したんです。すると母から、お馬鹿さんね、おばあさんはクラブ・アップルのことを言ったのよ、ゼリーにするととても美味しいんだからと言われました。ともあれ、私たちは戻ってリンゴをもらい、次の年ももらいに行きましたが、私たちは、カニというと、その時のことを思い出して、よく大笑いしたものです。ですから、相手の男性がマーサにそのコテージを見せれば、当然、彼女はそのことをすぐに思い出すでしょう。そこはブルックサイド・コテージと呼ばれていて、私が最後に見た時はすっかり改装され、車庫とかそういったものもできていました。チャルムズベリーから二マイルほど離れたベンストーン・ロード沿いの路地の——ミル・レーンという路地だったと思います——突き当たりに一軒だけ立っています。このことが幾らかでもお役に立って、早くマーサの消息が分かりますよう、心から願っています。

パーブライトは机の引き出しを開け、ミス・ティータイムが駅の新聞売り場で買ったものと同じ陸地測量部の地図を取り出した。だが彼が鉛筆でその地図に付けた丸印は、ミス・ティータイムの地図の丸印よりも小さくて几帳面だった。

彼は戸口へ行き、ラブ巡査部長を呼んだ。

「これが」——パーブライトは丸印の付いている家を指差した——「マーサ・レキットが、相手の男が買ってくれる予定だと言うつもりだったコテージだ。彼はミセス・バニスターにも同じ話をしたのだろう。住所はロー・ベンストーンのミル・レーンで、家はブルックサイドと呼ばれていたが、今もそう呼ばれているかどうかは分からない。

二通りの可能性が考えられる。やつは女性たちをだます計画の一環として適当に家を選んだだけなのか。その場合は、この家について問い合わせさえしていないだろう。あるいは、この家は実際に売りに出ていて、やつは何らかの理由でそれを知ったか。その場合は、やつと何かつながりがあるかもしれない。我々は、その点から調べる必要があるな」

「私が調べるということですね」ラブは悪意なく、そう言った。

「差し当たっては、そうだな。今朝は、ミス・ティータイムが来る予定なんだ。最初に不動産業者にあたるといい。この家が売りに出ているかどうか、どこの業者が扱っているか、家の所有者は誰で、所有者は今もその家に住んでいるのかどうか、それを調べるんだ」

「チャルムズベリーの業者にあたればいいですかね」

「その可能性が一番高い。だが外れた場合は、フラックスじゅうの業者にも聞かねばならん」

ラブは、職業別電話帳と紅茶の入ったマグカップを用意しに出て行った。

十時直前に、ミス・ティータイムは案内されてパーブライトのオフィスに現われた。彼女はこのあいだ会った時よりも、何となく態度が決然としているように思えた。そして実際に、彼女はすぐに本題に入った。

「先日お話しした件についてもう少し考えてみたのですが、私はある意味、ほんの少しですが自信過剰だったかもしれません。それで、お電話をして、もう一度お目にかかりたいとお願いした次第です」

「そうしていただいて大変嬉しいです。何か心配なことでも?」

「いいえ、心配しているわけではないんですよ。先日申し上げたことに間違いはないと、自分では確信しています。ただ、筆跡は全く違うという私の言葉をあなたが聞き入れたのは、納得なさったからではなく、私へのご配慮からだったと思えてなりませんの」

「もちろん、あなたの言葉を信じたからです」

「ええ、そうですね。でも、私の言葉は証拠とは言えません」

「科学的証拠ではないでしょうね」

「ええ。そこで、関係者全員のためを考えて――何よりも私の友人のために――私は、彼の筆跡の実物見本をあなたにお渡しできるようにしようと考えました」

「そうですか」

「それが一番いいとお思いになりませんか?」

「それが一番いいのは確かです」

ミス・ティータイムは頷いて、ハンドバッグと手袋を手に取った。しばし彼女は黙ってパーブライトをじっと見ていたが、やがて微笑んだ。

「あなたは、私のことを本当に心配してくださっているんですね」

「そうです」彼は一言だけ答えた。

「その必要はありません」

彼は身を乗り出した。「あのですね。もう、その男性の名前を教えていただけませんか?」真剣な表情だった。

彼女は、どうしようか考えているようだった。やがて、彼女が言った。「申し訳ありませんが、もうしばらくお待ちいただきたいんです。今晩八時には、どこにいらっしゃいますか?」

彼は驚いた様子だった。「家にいると思いますが、なぜですか?」

「ご住所はどちらでしょう」

「テットフォード通り、十五番地です」

彼女は目を細めながら、小さな手帳に住所を書き留めた。

「ところで、例のコピーをお借りできますか？　筆跡のコピーです」

彼は手元のフォルダーからコピーを取り出し、机の先の彼女に手渡した。彼女は、それをバッグにしまった。

彼女は立ち上がり、パーブライトが戸口まで送るのを待っていた。それを見ていたパーブライトも立ち上がった。

「ご自分が何をなさっているのか、ご承知ですよね」彼が物静かな声で言った。

ミス・ティータイムは最後に、彼に向かってにこやかに微笑んだ。

「ええ、もちろん承知していますわ」


ローバックホテルの部屋に戻ったミス・ティータイムは両切り葉巻に火をつけ、その日初めてのウイスキーを口にした。彼女はカモメたちが急降下して古い倉庫の開口部を飛び過ぎるのを思案げに見つめながら、テーブルに広げた便箋を指で軽く叩いた。身の安全確保のための簡単な文面を考えていた。

彼女はペンを手に取った。


親愛なるパーブライト警部、思いがけなく今日、同封の書状が届きました。私の友人が書いたもので、彼はジョン・トレローニー中佐と名乗っています。私が筆跡について思い違いをしていたことがお分かりでしょう。友人への忠誠心が判断を鈍らせたとしか、弁解のしようがありません。彼の住所は今のところ私には分かりませんが、ミセス・ストーンチならば間違いなく、必要な情報を教えてくださるでしょう。書状に書いてあるように、コード番号は４１２２です。

かしこ

ルシーラ・ティータイム

彼女は書き終えた手紙を折りたたんでトレローニーの三枚の書状にピンで留め、封筒に入れた。そして、封をして宛名を書いた。

階下に下りると、支配人のマドックスがレジデンツ・ラウンジの花の交換作業に立ち会っていた。彼はミス・ティータイムの物問いたげな微笑みに応えて、大急ぎでやって来た。

「事情が込み入っているのですが、とても大事な用件をお頼みしたいのです。ミスター・マドックス」

たちどころに彼は興味をそそられて、そわそわした。

ミス・ティータイムは彼に封筒を手渡した。

「今日はこれから出かけて、おそらくランチには戻れないでしょう」彼女は穏やかに説明した。「夕方ごろまで出かけているかもしれません。でも、もしも私が八時までに戻らなかったら、この手紙をすぐに届けていただきたいんです」

マドックスは宛名を見て、大真面目に頷いた。「八時ですね」と、彼は繰り返した。

「あなたは信頼できる方だと思っています」

「もちろんですとも」彼はふと不安になって、彼女の顔をじっと見た。「何事もないといいのですが、そのう……」

「念のために、というだけです」ミス・ティータイムが言った。「ご存じだと思いますけど、自分の面倒はちゃんと見られていますので」

ホテルの出口で、彼女はマドックスに向かって心配ないというように手を振った。マドックスは、ポケットの封筒の端を手で探りながら、彼女の後ろ姿をじっと見送った。


ベンストーンへの旅は、今回は駅での監視が不要なために、思っていたよりもはるかに早く目的地に到達した。二晩前にトレローニーの車を見失った一連の脇道の手前で彼女がルノーを停めた時には、まだ十二時前だった。

彼女は地図を取り出した。三軒の家に印が付けてある。常識的に考えて音が届くと思われる距離にある家だ。それぞれの脇道に一軒ずつあった。

彼女はまた車を発進させ、左の脇道へ入った。五十ヤードほど行ったところに、大きい、暗く陰気な農家が、ぼうぼうに茂った生垣の奥にぬっと現われた。車から降りて確かめるまでもなく、何年も人が住んでいないことは分かった。通り過ぎる際に、ガラスのはまっていない窓の一つの先に空が一瞬垣間見えた。裏側は屋根の一部が崩れていた。

本道に戻ってから、今度は右側にある脇道に入った。初めに組み合わせ煙突が目に入り、次いで道の盛り土の割れ目に茅葺き屋根が見えた。

道は次第に下り、やがて、広い入り口の前に出た。入り口の奥には砂利を敷いた前庭の先に、横長で低い白壁のコテージが見えた。

車が二台入る広さの車庫が右側の切妻壁の壁際に新たに建てられ、車庫には白くペンキが塗られている。車庫は扉が開け放たれ、中は空だった。

ミス・ティータイムは前庭に車を乗り入れ、反対向きに停車してから車を降りた。そして、玄関ドアをノックした。しばらくしてからもう一度、前よりもしつこくノックした。応答はなかった。ドアには鍵が掛かっていた。

彼女は窓から窓へ、中を覗いて回った。

内部はどこもかしこも、お金をかけて改装したあとが見られた。セントラル・ヒーティングが設置され、家具はどれも上等な最新の家具だ。キッチンには、物惜しみせず、というよりも無駄遣いに近く、用具が整えられていた。

しかし、探していた手がかりが見つかったのは、裏手に建て増しされた部屋の窓を覗いた時だった。長椅子に放り出されていたのは、リバーサイド・レスト・ホテルに行った時にトレローニーが着ていた、襟が毛皮で妙にピンク色っぽい八角形のボタンの付いたスエードのドライビング・ジャケットだった。

ここまでは順調だ。

ミス・ティータイムは、ジャケットを目にして生じた虚脱感を賢明にも、ランチを食べる必要がある証拠だと解釈し、車に再度乗り込んで、その先のチャルムズベリーへ向かった。

彼女は「ネルソン&エマ（ネルソン提督の恋人）」という名の――嫌でも思い出された――宿屋《イン》で食事をし、三十分ほど聖ルカ広場の店をぶらぶらと見て回った。その後、中央郵便局の外のベンチにしばらく座っていたおかげで、向かいにある戦争記念碑の怪奇さを充分に味わう結果になった。

そうこうしてから、彼女はロー・ベンストーンに戻った。

コテージには、まだ誰もいなかった。

彼女は、車の中で両切り葉巻を吸った。

丸々一時間が経過した。

ミス・ティータイムはビクッと背筋が伸び、居眠りをしかけていたことに気づいた。彼女は車のエンジンをかけた。横道を運転して回るのも、いい時間つぶしにはなるだろう。

しかし、五時近くに戻った時も、大きな車庫は空のまま、ぽかんと口を開けていた。

彼女は車の中から、クロウタドリのトリオが敷地の入り口近くの生垣の下から出たり入ったりして、追いかけあう様子を見ていた。鳥たちは代わる代わる、怒ったり、気を引いたりしていた。時折、一羽がほかの二羽から離れて空中で尾と胸を突き出し、おせっかいな態度で彼女をじっと見つめた。彼女はふと、ローバックホテルの裏で待っていた警官を思い出した。それに続いて、意識下で何か関連があるのか、二段置きに梯子を上り下りする窓拭き人たちが脳裏に浮かんだ。彼女の目が閉じられ、今では白いクロウタドリが、血の入ったバケツめがけて急降下爆撃を加えている……。彼らは海軍の制服姿で彼女のほうへゆっくりと近づき、このうえなく傲慢な態度で挨拶をする……。

ミス・ティータイムは、ますます深く眠りに落ちていった。

ラブ巡査部長は受話器を置き、うんざりしながら、チャルムズベリーとフラックス・バラ一帯の不動産業者、鑑定士、競売人のリストの最後に残った名前を消した。彼が苦労の末に手に入れたものは、ヒリヒリする喉と、どこかの時点で署長のフリーメイソンの友人に馬鹿な冗談を言ってしまったのではないかという思いだけだった。

ラブはパーブライトのオフィスに赴き、ブルックサイド・コテージが本当に売りに出ているにしても、不動産業界でそのことを知っている人間は一人もいないと報告した。

「そうか。どちらにしろ、確認の必要はあった」パーブライトが言った。確認が簡単な作業のような言い方だった。取るに足らないも同然に聞こえた。

「ベンストーンまで歩いて行って、そのコテージで聞いてきたほうがいいですか？」ラブが皮肉っぽく尋ねた。

パーブライトは壁の時計をちらりと見た。

「いや、今じゃなくていいよ。その件は明日の朝にしよう」

パーブライトは、していた仕事の続きに取りかかったが、ラブが騒々しくドアを開けたので、また顔を上げて言った。

「きみにも今できることはあるよ。チャルムズベリー署に電話して、ラーチにその家の住人の名前を調べてほしいと言うんだ。機嫌が良ければ、やってくれる。名前が分かれば、きみが家に行った時に戸口で尋ねる手間が省けるだろう。私に頼まれたと言ったほうがいい」

そう言ったほうがいいことは、ラブにも分かっていた。ラーチ警部は極端に人間嫌いで規律に厳しく、相手が彼の重んじる規則に則っていれば良心的だが、巡査部長の身で警部に要請するのは無礼だと考えるだろう。

パーブライトの名前を引き合いに出してさえ、ヘクター・ラーチからは、苛立ちまぎれの不平と、山積みになっているもっとずっと重要な案件が片付きでもしたら方策を考えてみようという、中途半端な約束しか得られなかった。

ちなみに、ラーチは五分も経たないうちに頼まれた情報を手に入れた。ベンストーンに住んでいる警察本部の事務員を知っていて、尋ねたにすぎない。しかし、ラーチは主義に基づいて、二、三時間その情報を手元にとどめた。

その結果、パーブライトの自宅に署から電話があったのは、彼がローバックホテルのポーターが届けてくれたばかりの封筒の中身を、不安に駆られながら調べているさなかだった。

受話器を置いたパーブライトの表情は、不安の色を増していた。

第十八章

ミス・ティータイムは、脚にひんやりしたものが流れてくる感覚に、眠りの淵から浮かび上がった。風のように思えた。彼女は身震いをし、目を開けた。車のドアが開いていた。

「おーい《アホイ》！　岸に上がったらどうかな？」

舳先《へさき》のような鼻へと収束する肉付きの良い大きな顔が、車の屋根の真下にぶら下がっていた。じっと見下ろしているトレローニーの目は、何事かと推し測りながら愉快そうに輝いている。ミス・ティータイムは、彼のかがめた広い肩の陰になっていた。

「こんばんは」ミス・ティータイムは冷静に挨拶した。あたりの薄暗さからすると、少なくとも二、三時間は眠っていたに違いない。

トレローニーは後ろに下がり、開けたドアを押さえていた。

ミス・ティータイムは車から降りた。

トレローニーは頭でコテージのほうを差した。「つまりあなたは、私のささやかなサプライズプレゼントを自分一人で見つけたというわけだ」彼はそう言ってから、さらに辛辣な口調で付け加えた。

「私があなたのサプライズプレゼントを見つけたように」

「中でお話ししたほうがいいと思いますけど、ミスター・トレローニー」

彼は一瞬こわばった笑みをかすかに浮かべてその場を動かなかったが、やがて向きを変え、コテージの玄関ドアへ向かった。

ふたりは、青色の厚い絨毯が敷き詰められた、天井の低い、細長い部屋に入った。部屋にはクッションが部分が黄色の軽い材質の椅子や巨大なテレビ受像機が置かれており、奥行きのある三箇所の窓枠台にはサボテンなどの多肉植物を植えた陶土製の鉢が並んでいる。壁は薄い灰色の粗塗り仕上げの漆喰壁で、窓に面した壁にはゴーガンの複製画が飾られ、描かれた花々や素肌がストーブのように照り輝いていた。

ミス・ティータイムは部屋の中央近くの椅子に取り澄ました様子で腰を下ろし、ハンドバッグを膝に載せた。

トレローニーは窓の一つにゆっくりと歩み寄り、彼女に背を向けて立っていた。

「討議に入る前に……」と、彼女が口を切った。

トレローニーが、くるりと向き直った。「ああ、討議を始めるんだな？　素晴らしい。あなたから始めるのか？　それとも私から？」

「子どもじみた真似はやめてくださいな。本題に入る前に、そういう陽気な『船乗り《ジャック・タール》』風の話し方はもうやめるよう、お願いしたかったんです。生まれてこのかた何度も求婚されてきましたけど、船酔いしたのは初めてです」

「あなたをこれから片付けようっていうのに、船酔いを心配しているどころじゃないがね」トレローニーは顔を紅潮させていたが、冷静でゆっくりとした口調だった。

「脅しは双方のためになりません」ミス・ティータイムが応じた。「脅しは無作法ですし、ビジネスライクではありませんよ」

「プロの詐欺師であるあなたは、洗練された手法がさぞかしお好みなのだろうな？」

ミス・ティータイムは溜息をついた。「ほらまた始まりましたね。毒舌は何の足しにもなりません」

「それじゃあ、あなたは、自分が詐欺師だと認めるんだね？」

「それは、もうご承知でしょう。あなたは『プロの』という言葉を強調しましたからね。洗練された手法を習得することであなたの嫉妬心や不機嫌さが和らぐのなら、頼みますから、素人であることは高潔だという思い込みはやめてくださいな」

トレローニーは壁にもたれて両手を組んだ。片目の下の神経が、ぴくぴくと痙攣していた。

「あなたは何をしにここへ来たんだ？」

「償っていただくためですよ、ミスター・トレローニー。私に対する待遇は公正ではありませんでしたからね」

「あなたがそう言える立場――」

ミス・ティータイムが片手を上げて制した。「最後までお聞きくださいな。あなたは、困窮している一家にただの紙切れだと分かっている小切手を渡して高価なクルーザーを手に入れようとした。何ともさもしい計画でした。クルーザーと一家の困窮が私の作り話だったおかげで、計画はどうにか実現されずに済みましたけどね。

その結果、あなたが手に入れたものは、やましさのない安らかな心でした。そして、それはすべて私のおかげだったんですよ。

でも、その見返りに、私は何を受け取ったでしょうか？

安らかな心の値段は誰にも算定できません。値踏みのできないほど貴重なものなんです。そこで私はせめて、かかった費用程度は手数料を受け取ろうと思ったのですが、私が使えるはずの五百ポンドがあなたの嘘だったことに、私は戸惑ったというよりも、心が傷つきました。

その心の傷に対して、私は償いを受ける資格が充分にあると思いますよ。あなたが五百ポンドの小切手を――今回は本物の小切手を――切ってくださるなら、私は心から感謝しますわ」

ミス・ティータイムは姿勢を正してスカートのしわを伸ばし、厳かな表情で窓の外を見つめた。トレローニーは、しばらく何も言わなかった。あざ笑いを浮かべながら、中指の先で鼻の穴をほじくっていた。それが終わると中指を見てから、背後の壁に指をなすりつけた。

彼は部屋を横切り、ミス・ティータイムから三フィートほどの向かいの椅子に腰を下ろした。彼は身を乗り出して頷いた。

「さてと、冗談はそこまでだ。一体何をしようっていうんだ?」

ミス・ティータイムは彼に視線を戻し、とんでもないというように両眉を吊り上げた。「これは冗談ではありません。私の要求を率直に申し上げたんです」

「つまり、あんたは」と、トレローニーはゆっくりと言った。面白がっている様子は消えていた。「あんなことがあったというのに、厚かましくも、ここまでやって来て何とか私に金を出させようっていうんだね」

「そうです」ミス・ティータイムが言った。

「一体、何様のつもりだ? 上品ぶった口振りの、四つ目の、この女詐欺師が。地獄に落ちるがいい!」

ミス・ティータイムは様子を見定めるかのように、彼の顔を見た。

「私たちがお世辞を言い合う仲になったとお思いのようですけれど、あなたと一時間一緒にいるのと、腫れ物に使った包帯のゴミ袋に一週間縫い閉じられているのと、どちらがいいか決めるのが決して容易でないことだけは断言できます」

「嫌な女め！」

ミス・ティータイムは肩をすくめてから、腕時計を見た。

「罵詈雑言を考え出すことで時間をこれ以上浪費しないほうがいいですよ。あなたには、その才能はないんですから。あなたが今すぐ小切手を切れば、多くの苦労が回避できます——特に、あなたのご苦労がね」

彼女を見つめていたトレローニーは、椅子をさらに少し彼女に近づけた。彼の静けさ、じっと見つめながら耳を傾けている彼のゆっくりとした落ち着いた態度には、脅威が感じられた。彼は舌の先で上唇をなめた。

「先を続けろ。その苦労とやらは……何なのだ」

「状況は実に愉快ですよ。すぐにその件は話しますが、初めに、私が知らないとあなたが思い込んでいる幾つかの事実を確認しておきましょう。

私に対するあなたの極めて卑劣な意図は、しばらく前から分かっていました。私に気づかれないだろうと思うなんて、さだめし、あなたはうぬぼれが強いんでしょうね。でも、見抜くのは、さほど難しくはありませんでしたよ。

ほかにも、たまたま知ったんですけど——これは私が見抜いたわけではありませんが——あなたが少なくとも二人の女性の信じやすい性質にうまく付け込んだことも分かっていますし、ふたりの名前も知っています。一人はレキットで、もう一人はバニスター。警察がふたりの失踪を企んだ男を捜していることも承知しています。つまり、あなたをね」

トレローニーは今にも飛びかからんばかりに椅子の端で身をかがめ、彼女の目をまっすぐに見つめていた。彼女は平然と見返した。

「それでは、面白い話をしましょう」と彼女は続けた。「というか、せめて、あなたがユーモアを理解してくださるといいんですけど。そうすれば、そんなふうに不愉快に睨みつけるのをやめるでしょうからね。あなたが逮捕されずにいるのは、この私があなたの清廉潔白を保証したからにほかなりません。さてと――これをあなたはどう思います？」

「一体全体、どういうことだ？」

「あらあら、本当に怒りっぽいこと……」

「警察に何を言ったんだ？」

「もちろん、あなたは率直で正直な『熟練船乗り《シードッグ》』だと言いましたよ。誠実な求婚者だと。その紳士の筆跡は、警察が見つけたミセス・バニスター宛の犯人の手紙のものとは似ても似つかないと」

長い沈黙ののち、トレローニーの背を丸めた体の緊張が解けた。彼は椅子の背にもたれた。

「つまり、あんたは、それをネタにゆすろうと考えたわけだ」

「あなたの道徳的見識は、あなたの海にまつわる比喩と同じぐらい、非常に不愉快ですね。どうぞ両方とも、胸にしまっておいてくださいな」

「手紙に関するそんな馬鹿げた話、信じられるか」

ミス・ティータイムはゆっくりとハンドバッグを開け、何も言わずに筆跡のコピーをトレローニーに手渡した。

彼はそれを見て、すぐに目を上げた。「これは私の筆跡じゃないと、警察に言ったっていうのか？」

「きっぱりとね」

「そして、ジャック・トレローニー中佐は虫も殺さぬ立派な男だと？」

「必死に努力して、そう言いましたよ」

「ということは、私は警察に疑われてはいないんだな？」

「そうです」

トレローニーの顔に笑みが浮かんだ。あたかも氷に裂け目が走ったようだった。

「あらまあ」ミス・ティータイムは溜息をついた。「あなたは本当に情けないほど分かりやすい人ですね、ジャッキー」

「私がか？」

「あなたは今、心の中で思っていますよね。この女性も殺してしまえば安心だと」

「そりゃ、なかなかいい考えだ。やはり、そうすることにしよう」

ミス・ティータイムは首を横に振った。「いいえ。本心は違いますね。もう、その手狭で使い勝手の悪い頭で感づき始めていますよね。私が万一の備えもせずに来るほど愚かなはずがないと」

「ほう。それで、どんな備えをしたっていうんだ？」

「時間制限を設けたんですよ。私が八時までにホテルに戻らない場合は、フラックス・バラの警察に、あなたの手紙の入った包みが届くことになっています」

「当然、私の名前と住所も知られるっていうことか」トレローニーが何気なく言った。

「いいえ――警察がそれを知るには、ほんの少し手間が必要です」

「ほんの少しとは、どの程度だ？」

「あの優秀な結婚相談所のファイルをちょっと覗くだけですよ、ジャック。というより、ミスター・4 1 2 2《フォア・ワン・ダブル・トゥー》と呼んだほうがよろしいかしら？」

一瞬、彼は心底戸惑っているかに見えた。しかし、すぐに微笑み、にこやかな笑みを浮かべ、やがて声を立てて笑い始めた。

ミス・ティータイムの背後でドアの閉まる音がした。彼女は、とっさに振り向いた。

「でもまさか、私の夫が登録されてるとは思わなかったでしょうね、ミス・ティータイム。『フォア・ワン・ダブル・トゥー』のファイルはないんですよ。きっと泥棒が盗んだんでしょうね」

ドナルド・ストーンチは立ち上がり、妻の腕を取って言った。

「あの車をどこか見えないところに移動させて、すぐに戻ってきてくれ。彼女といてほしいんだ……支度をしてくるあいだ」

パーブライト警部がラブ巡査部長の下宿に着いた時、ラブは家主のミセス・クッソンから愛情たっぷりに、遅いお茶兼夕食《ハイティー》を給仕してもらっているところだった。

パーブライトは、バター味のコダラ、全粒粉のスコーン、缶詰のオレンジ、カーネーション・ミルク、エクルズケーキというご馳走に取りかかろうとしていたラブの手を引っ張り、栄養不良を目の敵にしているミセス・クッソンが涙ながらに抗議するのを尻目に、ラブをせきたてて彼を車に押し込んだ。

「きみが運転してくれ、シッド。空腹だと機敏になれるからな」

空腹は推進力としてもかなり効果があったようだ。彼らは二十分もしないうちに、ベンストーン・フェリーで車を走らせていた。

「このまま上って、公有地を横切ってくれ」パーブライトが指示した。

さらに四分ほど走った。

「次は右側の最初の脇道に入るんだ。気をつけろ。急な曲がりだからな」

車はブルックサイド・コテージの砂利を敷いた前庭にザクザクと音を立てて停まった。パーブライトが先に玄関ドアに着いた。彼は分厚い木のドアを激しく立て続けに叩いた。

パーブライトが手を止めると、中で物音がした。ラブも彼のかたわらに来ていた。

「彼らは中にいる」パーブライトはそう言って、再びドアを叩いた。中で足音がした。足音が遠のいた。パーブライトはさらに激しくドアを叩いた。

「シッド、きみは裏へ回ったほうが……。いや、ちょっと待て」足音が戻ってきた。ドアが開いた。

「こんばんは、ミセス・ストーンチ」それ以上の前置きはなく、パーブライトは彼女の脇を通って中に入り、ラブもすぐあとに続いた。

シルヴィア・ストーンチは玄関ドアを背に立ち、ふたりを猛然と睨みつけた。

「一体何の騒ぎか、説明してくださいな」

「ミス・ティータイムは、どこです?」

「ミス・誰ですって?」戸惑った表情で、また睨みつけた。

「あなたの顧客のミス・ティータイムですよ。彼女があなたのご主人に会いにここに来たことは分かっているんです」

「一体全体どうして彼女が私の夫に会いに来るんです？　夫は何の関係も――」

「ご主人はご在宅ですか？」

「いいえ、今はいません」

ラブがパーブライトの顔を見て言った。「車は二台とも車庫にあります」

「だそうですが？　ミセス・ストーンチ」

「手紙を投函しに行ったんだと思います」

戸惑いは芸術的なまでに制御され、彼女は落ち着きを取り戻し始めていた。

「ところで、いつまでこうして突っ立ったまま理由も分からずに質問を浴びせられなきゃならないんですか。そもそも、何の権利があって人の家に踏み込んだりするんです？」

「重罪を疑っているからですよ、ミセス・ストーンチ。もったいぶって聞こえるかもしれませんが、ご主人が戻るまでは、とりあえずこの答えで充分でしょう」パーブライトはカーテンを開けて外をのぞいた。「すぐに戻られるんでしょうから。ポストはどの辺にあるんですか？」

「路地の入り口にあります」

「だとすると変ですね。我々がご主人の姿を見なかったのは」

「裏からも小道があって、そのほうが近いんです」

パーブライトは頷いた。彼はミセス・ストーンチに座るよう身振りで合図した。

「言っておいたほうがいいと思うので言いますが、ご主人にはフラックス・バラまで一緒に来ていただくようになるでしょう」

「一体、何のためにです？」

「我々が幾つかの件で真相にたどりつく、その手助けをしていただけると思うからです」

「私に持って回った言い方をする必要はありませんよ。つまり、夫が何かしたと思ってるんですね。でも、何をしたって言うんです？　どうして言えないんですか？　それに、一体全体、そのティータイムって女がどうしたっていうんです？」

「あなたの言うように彼女がここに来ていないのなら、彼女のことを気にする必要はないでしょう」

「ええ、でもどうして——」

パーブライトが片手を上げていた。彼は聞き耳を立てていた。

家の裏手から、足を引きずって歩く、ぎこちないかすかな足音が聞こえた。戸口の開く音がした。

ミセス・ストーンチが椅子から急に立ち上がったが、すぐにパーブライトが彼女の腕をつかみ、そのまま押しとどめた。

裏口のドアがカチリと閉まった。誰かがキッチンのタイル張りの床を歩いてくる音がした。

「ドン！」ミセス・ストーンチが叫んだ。「警官が二人来て、馬鹿げた質問ばかりしてるの。私たちは、こっちよ。来て、この人たちに言ってちょうだい。この人たちが——」

キッチンのドアが押し開けられた。入ってきたのは、服が少し汚れ、足取りが少し覚束ないミス・ティータイムだった。

ミセス・ストーンチは目を見開き、口がゆっくりと開いた。と同時に、その口から金切り声が発せられた。

「ドンはどこ？　夫はどこなの？　あんた！　ドンはどこなのよ？」

ミセス・ストーンチが身を乗り出そうとしたが、彼女の腕をつかんでいたパーブライトの力がまさった。

ミス・ティータイムは遺憾の意を込めて、ミセス・ストーンチの顔をじっと見た。

「彼でしたら、庭の先の肥だめの中ですよ」

ミセス・ストーンチの金切り声は、しゃくり上げるような低いうめき声に変わった。彼女の身体がパーブライトの腕の上に力なく二つ折りになった。

「本当にお気の毒に」ミス・ティータイムが言った。「でも、暗闇の中で私の腰に両腕を回してワルツを踊ろうと考えたのは、彼のほうなんです。ふたが、外れていたんですの」

ミス・ティータイムはラブ巡査部長に悲しげな視線を向け、彼にだけ特別に知らせるかのように付け加えた。

「あやうく、私が落ちるところでしたよ」

訳者あとがき

英国のミステリ作家コリン・ワトソンによる本書*Lonelyheart 4122*は、イングランド東部の架空の町フラックス・バラのシリーズ（全十二作）の四作目で、一九六七年の作品です。なお、「ロンリーハート（lonelyheart）」には、「交際［結婚］相手を求めている（中年の）孤独な人」という意味があります。

〈フラックス・バラ〉シリーズの中心人物、パーブライト警部は、度量が広く温厚であると同時に洞察力に優れ、その人柄と良識が作品の格調につながっています。

今回は、そんな頼れる警部パーブライトと愛すべき巡査部長ラブのコンビが、わずかな手がかりを糸口に二人の女性の失踪事件の捜査に乗り出します。そして、本書で鮮やかに登場するのが、ミス・ティータイムです。

ミス・ティータイムは、年齢はおそらく五十歳ほど。白髪は目立つものの、今でもほっそりとして美しく、背筋の伸びた威厳のある風情の女性で、耳に心地よい小さな声を立てて笑います。取り澄ましていたかと思うと思わぬ発言や突飛な表現が飛び出し、印象とは異なって、驚くほど足に筋肉が付いていたり、ルノーを巧みに疾走させたりと、そのギャップが楽しく魅力的です。時折つぶやかれる胸の内とともに、存在感が際立ちます。

作品としては、別々に進行している二つの出来事がつながってゆく物語の展開や、犯人を割り出すことから一転して犯人のターゲットになりそうな女性を見張るというプロットによって物語が膨らみ、登場人物たちが一層生き生きと描かれます。伏線は随所にちりばめられ、翻訳の際に当初見落としてしまった一つの単語が伏線だと気づいたこともありました。

細かい描写や持って回った文章、独特な表現や形容の言葉の多さ、リズムの良い頭韻など、原文ではそれらによって情景や心情や人柄がよりよく伝わってきたために、それを日本語で充分に表わす難しさをあらためて感じました。ユーモアや登場人物の愉快さに、翻訳の途中で思わず笑みが浮かんだことが幾度もありました。本作品の味わいと著者のユーモアの世界をお伝えできていますようにと願っています。

なお、作中には軽い斜視の男性の視野に関する描写がありますが、原文に沿ってそのまま訳出しました。斜視は、現在では治療法が進んでいます。

本書を翻訳する機会をいただき、論創社編集部の黒田明様、翻訳に際して多くの貴重なご助言をいただきました井伊順彦様を始め、ご助力くださいました皆様に心から感謝申し上げます。

歯ごたえと肩すかしの弁証法

井伊順彦（英文学者）

イギリスのミステリ小説家コリン・ワトソン（一九二〇〜一九八三）による『ロンリーハート・4122』（一九六七）は、イングランドの架空の町フラックス・バラ（Flaxborough）を舞台と、いやむしろ〝主役〟とするシリーズの第四作だ（なぜ本書では同シリーズに属する別の二作品の既訳書とは異なり、Flaxboroughをフラックスボローではなく、フラックス・バラと表記したのかについては後述する）。

フラックス・バラ・クロニクルは全一二作で成り立っているが、第二作*Bump in the Night*（一九六〇）の舞台は近隣の町チャルムズベリーだ（本書第一一章をはじめ数章にこの町の名も出てくる）。*Bump in the Night*では、チャルムズベリー各所で起きた連続爆破事件を捜査するため、クロニクルではおなじみのパーブライト警部が応援に駆り出される。爆発物がフラックス・バラから持ち出されたと見られるからだ。

本書では二つの筋が並列している。ミス・ルシーラ・ティータイムという独身中年女性が、結婚相談所〈ハンドクラスプ・ハウス〉を通じて相手を探そうとする話と、やはり〈ハンドクラスプ・ハウス〉の会員だった中年女性二人が行方不明となり、パーブライトたちフラックス・バラ警察署員が二人を捜す話とが同時進行する。それぞれの筋は別の章で展開される。双方ははたして交わるのか、それともなんら関わりなく終わりを迎えるのか。交わるとするなら、どこで、どんなかたちでか。そうした点が本書後半の読みどころとなる（「訳者あとがき」に、ほんの少しだけネタバレサービスがありそうだ）。

一方の中心人物ミス・ティータイムは、滞在先に選んだフラックス・バラの各所を観て歩いたあと、第六章で〈ハンドクラスプ・ハウス〉を訪れ、所長のミセス・ストーンチに会員登録を認めてもらう。ほどなく、紹介された男性と交際を始める。このミス・ティータイムとはどんな人物なのか。それは語り手による言動の客観描写と、第三者の視点からの解釈とによって読者に伝えられる。語り手によれば年齢の割には美女（第三章）であり、ラブ巡査部長によれば魅力ある人（第九章）であるという。さらには骨董品収集を趣味とする物書きであることも、さりげなく示されてゆく。こうして読者は、ほう、それなりにきれいで賢くて性格もよさそうじゃないか。ミス・ティータイムの人となりがなんとなくわかった気になりながら、頁を繰ってゆくことになる。作者による「見せ方」が実に巧みだ。

しかし、一つ注意したい点がある。ミス・ティータイムの心理、つまり胸の内ではどんなことを感じたり思ったりしているのかについては、読者はほとんど知らされていないのだ。内面描写とは、いわば戯曲における本人の独白、つまり赤裸々な本音の伝達だ（注・厳密には、内面描写と独白とでは微妙に異なる場合があることはひとまず措く）。ミス・ティータイムの心の奥を作者ワトソンがさりげなく隠していることは忘れるべきでない。

この手法、つまり、本人の視点もまじえての語り手の描写と、別の登場人物の視点からの解釈とを別個に紹介する手法が奏功した作品といえば、思い浮かぶのはアガサ・クリスティの『ＡＢＣ殺人事件』（一九三五）だ。アレクザンダー・ボナパート（アレクサンドロス・ボナパルト）・カスト氏のあれこれを、こうして読者は知った（というより、吹き込まれた）。あの女性用靴下の行商人は、ポワロたちの登場する諸章、すなわちヘイスティングズ大尉の手記と並行展開する別の諸章で、自らの言動を淡々と紹介されてゆく。『ＡＢＣ殺人事件』はそういう手法が不可欠の作品だった。ただ本書『ロンリーハート・４１２２』の場合は、章題もついていないので、クリスティの傑作より手法はいっそうさりげなく、それだけミステリ小説らしい〝ずる賢さ〟を具えている。

ちなみに、クロニクル第三作『浴室には誰もいない』でも、二つの異質な筋が同時進行する手法が採られているが、双方の主要人物たちはときおり同じ章で交わったりもする。だから手法としても本書『ロンリーハート・４１２２』はさらに徹底している。むしろ進化している。

本書の第八章で、失踪した女性二人に関する捜査方針などをパーブライト警部とラブ巡査部長が話し合うなかで、漫才コンビでいえばふだんはボケ役のラブが思わぬ鋭い一言を発する（前述の第三作にも意外な頭の冴えを示す場面あり）。部下思いのパーブライトは、それまでラブのボケ発言の数々にも心の広いところを見せていたが、部下の指摘にはっとさせられ、自らあるところへ問い合わせの電話を入れる。そうして章の最後には、命をなくした恐れさえある女性二人の尊厳に対して想いを致す。二人は実に気の毒だ、それは悪い男にだまされて金を奪われたから、あるいは（ことによると）殺されたから、というより、女性として侮辱（〝insult〟）されたからだと。この第八章は、本書の一特徴である喜劇性をいかんなく発揮しているとともに、本書には単なる娯楽ミステリ小説とは異質の哲学的深淵性があることを証明している。フラックス・バラ警察の捜査が本格化するのは次の第九章からだ。右記のようにさりげなくフェミニズム思想を示した点とともに、本格捜査の土台を築いたというふつうのミステリ小説的興味の点でも、この第八章の重要性はとくに強調したい。

さらに、本書が凡百のミステリ小説とは一線を画していることを、やはりさりげなくも巧みに伝えている箇所が第一〇章にある。ある人物を尾行する役目を負ったラブ巡査部長が、相手の滞在先であるホテルの近くで張り込みをしているところだ。段落ごと引いてみよう。

> かなりの数の通行人が、通りすがりにラブに挨拶をした。中には立ち止まって、おしゃべりをしたそうにする人たちもいた。ラブは、がっかりした。映画やテレビの中の刑事は「尾行」をしても、彼らの場合はこれほど多くの気さくでおしゃべり好きな市民と面識はなく、仕事がやりにくくなることはない。それどころか、誰一人、刑事のほうを見さえしないのに（一一八頁）。

フラックス・バラが「社会」ではなく「共同体」であることを簡潔に説明し、かつ同じ「共同体」でも、たとえばミス・マープルの居住地セント・メアリー・ミード村についてクリスティにはできなかった自己主張をしているこの箇所に、作者ワトソンの非凡な手腕の一端が認められる。互いに異なる価値観を持つ者、つまり他者同士が共存する「社会」の場合と異なり、「共同体」の成員は基本的に似た価値観にもとづく顔見知り同士だ。しかし、セント・メアリー・ミード村で刑事が潜入捜査などをしたとしても、クリスティは共同体を舞台とするミステリ小説における暗黙の約束事を覆すような記述はしない。おそらくそんなことは考えもしなかっただろう。右記の引用箇所はワトソンにおける秀逸なリアリズムの存在証明だ。と同時に、拙稿の表題「歯ごたえと肩すかしの弁証法」の一例でもある。このように本書『ロンリーハート・4122』は、読者の予測や期待を生み出しては心憎いほど〝裏切り〟続けてゆく作品だ。ミス・ティータイムの人となりについても、実家はどうやらお金持ちらしいが、日々の暮らしに何か虚しさを覚えて、人生の伴侶を求めるにいたった中年女性、といった紋切り型の解釈をしていたら、肩すかしを食うかもしれない。最後まで目が離せませんね。とはいえ当然ながら、結末に対する解釈もお約束どおりですむのかどうか。読者にとっては試練が待っている。

ところで、フラックス・バラのモデルとなった町は、リンカンシャー東部の沿岸に近いボストンだと言われている。ワトソンは、当時ロンドンの南に接するサリー州に属していたクロイドンに生まれたが、一七歳のときにボストンの地元紙の見習い記者をしていたことがある。またクロニクル各作品には、フラックス・バラ内外の地理を暗示するような記述や台詞が随所にある。しかしながら、少なくとも本書第六章の、〈ハンドクラスプ・ハウス〉所長ミセス・ストーンチとの初対面の席で、自分はリンカンシャーの出であるとミス・ティータイムが話すところに限れば、この地がリンカンシャーにあるかどうかはわかりづらい。

とまれワトソンにおけるフラックス・バラのように、小説家が複数の自作品で同一の架空の地を舞台と定めた例はほかにも複数ある。ここまで何度か言及したセント・メアリー・ミード村のほか、ウィリアム・フォークナーのヨクナパトーファ郡、アーノルド・ベネットの「五つの町」はその代表だ。トマス・ハーディのウェセックス地方も、各所の地名は創作ながら、相互の位置関係などはほぼ実際どおりなので少し意味合いが異なるものの、大きな枠組みには入るかもしれない。ヨクナパトーファ郡においては、周知のとおり物騒な、というよりむしろ陰惨な出来事がよく起きる。一つだけ例を挙げれば、『サンクチュアリ』（一九三一）のなかで、無垢な女子学生テンプルは性的不能者ポパイによってどんな目に遭わされたか。殺人事件などが〝軽やか〟かつ〝のどか〟に描写されるミス・マープルの出生地とは、あの空間は本質を異にする。これと比べればずいぶん〝生ぬるい〟かにも思える「五つの町」でさえ、モーパッサンをはじめフランス自然主義文学の影響のもと、息苦しい空気のなかで幸薄かりし生を営むふつうの人間たちの姿が描かれる。イギリスのミステリ作家にして、現代ミステリ批評界を代表する一人だったH・R・F・キーティング（一九二六〜二〇一一）は、*Crime and Mystery: the 100 Best Books*（Carroll & Graf Publishers, 1987）で、さらりと述べている。フラックス・バラは、フォークナーやベネットの手になる右記の架空世界に比肩しうる存在だと（『海外ミステリ名作100選——ポオからP・D・ジェイムズまで——』、長野きよみ訳、早川書房、一九九二、二六六頁）。

第一次世界大戦後のイギリス社会においてミステリ小説が受け入れられた背景や、そうした小説が反映している社会の諸事情に関して論じた一書、*Snobbery with Violence: English Crime Stories and Their Audience*（1971）のなかで、ワトソンがセント・メアリー・ミード村などの描かれ方に違和感を表したことは、フラックス・バラ・クロニクル第一作『愚者たちの棺』（原書一九五八、直良和美訳、創元推理文庫、二〇一六）の解説のなかで、森英俊氏が述べておられる（二七七頁）。また第三作『浴室には誰もいない』（原書一九六二、直良和美訳、創元推理文庫、二〇一六）の解説で、法月綸太郎氏も同じく触れておられる（二四一頁）。

ではワトソンは具体的にどんな異論を述べているのか。前記のキーティングの編集によるアガサ・クリスティ論集、*Agatha Christie: First Lady of Crime*（Weidenfeld & Nicolson, 1977）に寄せた一文、“The Messages of Mayhem Parva”がわかりやすい。少し長くなるが宮脇孝雄氏による邦訳の重要な箇所を引いてみよう。

クリスティー一派の犯罪小説、いいかえれば〈メイヘム・パーヴァ〉派の犯罪小説は、ロンドン周辺のベッド・タウンと田舎の村を足して二で割ったような場所——自給自足のできる、生活の独立したところを主な舞台にしている。（中略）

こうした住民（井伊注・実業家や医者、警官、商人など、おおよそ中流以上の住民）にとって、どうしようもなく重い現実の悩み——老いさきの不安、信仰をなくしたらどうするのか、人に見捨てられたら、発狂したらどうするのか——は存在しないも同様である。（中略）

メイヘム・パーヴァに描かれるイギリスは、ミュージカル・コメディの舞台と同じような神話の王国である。しかしその幻想は、創意ではなく、ノスタルジアから成り立っている。そこは現在に姿を留める過去の国——サラエヴォで一発の銃声が響いた瞬間に色あせはじめた風俗や習慣を、いつまでも留めている国である。（「ノスタルジーの王国」、『新版　アガサ・クリスティー読本』、早川書房、一九九〇、九六〜九七頁）

メイヘム・パーヴァというのはワトソンの造語だ。前述の既訳書二冊の各解説者も言及されている。が、この成句がどういう意味を表すのかの説明がない。それでは隔靴掻痒の感をまぬがれまい。そこで、私立探偵よろしくMayhem Parvaの意味を推理してみよう。mayhemとは、法律用語としては故意による身体への傷害のことだが、ワトソン作品ではふつうに騒乱や混乱、無秩序の意味で用いられていよう。parvaは、ヒンディー語にもあるようだが、ここでは“little”や“small”を意味するラテン語parvusの女性名詞単数主格（ほかの性・数・格もあり）ではなかろうか。すると発音は「パルウァ」となるが、英語読みなら「パーヴァ」だ。実はイングランドにはこのparvaのついた地名が複数ある。たとえばレスターシャーにはAppleby Parva（アプルビー・パーヴァ）、シュロップシャーにはAsh Parva（アッシュ・パーヴァ）、サウスヨークシャーにはDalton Parva（ダルトン・パーヴァ）という具合。フラックス・バラが属すると思われるリンカンシャーは、イングランド中部の北海側に位置し、サウスヨークシャーやレスターシャーと境を接する。またシュロップシャーも、イングランド中部の反対側にありながら、『愚者たちの棺』第四章および第九章で、ある人物がお気に入りの旅行先として言及している。あくまで私立探偵のまねごとめいた深読みながら、ワトソンはこうした諸州に実在する土地から名前の一部を拝借したのかもしれない。

キーティング（本稿三度目のご登場）の評論集*Writing Crime Fiction*（St. Martin's Press, 1986）では、ワトソンはごくふつうの人間たちを「現実離れした世界、途方もないことばかりが起きる冒険と出会いの世界へと投げ込んでしまう」と評されている。ワトソンの手法は、「日常生活に発生する奇妙な犯罪」（以上二ヵ所、『ミステリの書き方』、長野きよみ訳、早川書房、一九八九、一四六～一四七頁）を描くことだと。そう、フラックス・バラとは、メイヘム・パーヴァとは異なり、単に日常性のなかに生じた非日常性を描いた世界というだけではない。繰り返しになるが、それだけなら一見したところ穏やかな町（またはのどかな村）に殺人事件が起き、町（または村）全体が大騒動になったが、最後はめでたく問題の解決を見た、というありふれたミステリ小説がまた一冊仕上がるにすぎない。そのありふれたミステリ小説に対する出来不出来の判定が、クリスティ的土俵のなかで、クリスティ的基準によってなされる（なされてきた）にすぎない。『海外ミステリ名作１００選』での場合もしかりだが、キーティングのさらりとした指摘の意味は、どっしり重い。

さて冒頭で予告したとおり、Flaxborough の表記の件について述べよう。ワトソンの既訳書二冊、『愚者たちの棺』と『浴室には誰もいない』では、先述した両解説者はフラックスボローと表記しておられる。本文の訳者の表記を尊重されたのだろうか。また引用したキーティングの評論集二冊ではフラックスバロウとなっている。

さらにいえば、キーティングなどとともに現代ミステリ批評界を牽引した小説家ジュリアン・シモンズ（一九一二～一九九四）の大著、『ブラッディ・マーダー――探偵小説から犯罪小説への歴史』でも、フラックスボローと表記されている（宇野利泰訳、新潮社、二〇〇三）。この一書では、ワトソンの「全作品が（中略）小都市フラックスボローにおかれ」（三二二頁）ていると記されており、ここは表記の件を除いても誤りだ。また、『ロンリーハート・４１２２』について、「老嬢の〝ミスお茶の時間〟に主役を務めさせているが、初期の作品ほどの説得力を欠いている」と、シモンズはなんの論拠もなく断じている。芸術作品に対する評価は人それぞれだから、べつに故人に対してここで反論するつもりもないが、ワトソンに関する当該頁の評全体を読む限り、さすがの御大もあまり深くは考えていないようだな、とだけ言っておこう。

本書の訳者である岩崎たまゑ氏とわたしは、訳文に関しては意見調整したが、この表記の件では事前に合議していない。Flaxborough を「フラックス・バラ」としたのは岩崎氏の見識であり、解説役としては我が意を得たりの思いだ。わたし個人としては、ナカグロを入れない「フラックスバラ」を採りたいところだが（笑）、むろん訳者の判断が優先される。いずれにしろ、アメリカでも正確な発音に近いのは「バロウ」だろう。「ボロー」はむしろ日本人のあいだでの慣習的なアメリカ英語表記だ、サイモン&ガーファンクルの名曲"Scarborough Fair"が「スカボロー・フェア」となるように。イギリス人ならScarboroughはふつう「スカーバラ」と発音する。スコットランドの首都エディンバラ（Edinburgh）を「エディンボロー」と発音する日本人はいなかろうに、なぜFlaxboroughが「フラックスボロー」となったのか、どうもわかりづらい（burghは市や町を意味するboroughの古語）。

もちろん英語の発音を日本語で厳密・正確に表記するのは困難ではあろう。最後は本人の判断、あるいは敢えていえば本人の"哲学"で決まる。その意味で、岩崎氏とわたしは"哲学"において一致したのであり、まことに悦ばしい。

ちなみに、先述した既訳二冊とキーティングの評論二冊では、Watsonを「ワトスン」と表記していて、これはこちらのほうが今風なのかもしれないが、論創社編集部の方針として本書では「ワトソン」を採った。たしかに、シャーロック・ホームズのよき相棒がワトスン博士だと、どうも人違いかなという感じもするし、アメリカンポップスの王者がマイケル・ジャクスンだったりしては、「どこのどなたですか」と問いたくなる気もする（世の中には、わざわざマイクルと書く向きもある）。わたし個人としては、世の流れに逆らうつもりもべつにないながら、ワトソンのほうがしっくりくる。

少し脱線してしまった。『ロンリーハート・４１２２』は、一九六七年度の英国推理作家協会賞ゴールド・ダガー賞最終候補作に挙げられている（第一席はエマ・レイサン『小麦で殺人』）。すでに見てきたように、内容・形式の両面において「純文学」の視点からの批評にも値する問題作であり、一九二〇年代のイギリスミステリ黄金期以降に生まれた当該分野の概念に、変革をもたらさんとする作品だ。結婚相談所に集ってくる女性たちの人柄や身上について、パーブライト警部がチャップ署長に伝えた類似点（第二章）などは、今の世でもぐっと胸に迫るものがある。

一九七〇年代から盛んになるフェミニズムや女性解放思想の萌芽を伝えるとともに、いつの世も変わらぬ（かに見える）女性の相手探しや自分探しのありさまを描いている点でも、本書は実に興味深い。肩に余分な力の入っていないしなやかな岩崎氏の訳文も、こうした作風によく合っている。

単なる一過性の娯楽作品の域を超えている本書を、ミステリ愛読者のみならず広く江湖にお勧めしたい。

〔著者〕
コリン・ワトソン
1920年、英国サリー州生まれ。ジャーナリストから作家となり、架空の町フラックス・バラを舞台にした「愚者たちの棺」(58) でデビュー。同作に登場するウォルター・パーブライト警部が主役の長編は全12冊出版され、「浴室には誰もいない」(62) と「ロンリーハート・4122」(67) が英国推理作家協会賞ゴールド・ダガー賞の最終候補に挙げられた。1983年死去。

〔訳者〕
岩崎たまゑ（いわさき・たまゑ）
東京女子大学短期大学部英語科卒業。訳書に『おひさまはどこ？』(岩崎書店)、『ひなどりのすだち』(大日本絵画)。短編翻訳に「アーリー・ヒューマンズ」(『アメリカ新進作家傑作選2008』所収、DHC)、「マレトロワ邸の扉」「宿なし女」(『眺海の館』所収、論創社) がある。

ロンリーハート・4122
——論創海外ミステリ 262

2021年2月10日　初版第1刷印刷
2021年2月20日　初版第1刷発行

著　者　コリン・ワトソン
訳　者　岩崎たまゑ
装　丁　奥定泰之
発行人　森下紀夫
発行所　論 創 社
〒101-0051 東京都千代田区神田神保町2-23 北井ビル
TEL:03-3264-5254　FAX:03-3264-5232　振替口座 00160-1-155266
WEB:http://www.ronso.co.jp

組版　フレックスアート
印刷・製本　中央精版印刷

ISBN978-4-8460-2005-7